チア☆ダン

「女子高生がチアダンスで全米制覇しちゃったホントの話」の真実

円山夢久

※本書は事実に基づくノンフィクション作品ですが、プライバシーや関係者の名誉等に配慮をし、一部人物名や設定などを実際のものとは若干変更しておりますので、その点は予めご了承願います。

Contents

Contents

Contents

第14章 あの日見た、あの場所へ

プロローグ

"From Japan,Fukui Commercial High School,JETS!"《日本・福井商業高等学校・JETS!》

二〇〇九年三月。

フロリダ州、オーランド。

ハードロック・ライブの観客席で、五十嵐《いがらし》裕子《ゆうこ》は場内に響き渡る英語のアナウンスを聞いていた。

NDA、全米チアダンス選手権大会。[注1]

その決勝戦である。

――日本・福井商業《ふくいしょうぎょう》高等学校・JETS《ジェッツ》!

プロローグ

アナウンスに呼び出され、おそろいのコスチュームに身を包んだ、ＪＥＴＳ《ジェッツ》のメンバー二十名が、まばゆいライトに照らされたステージに飛び出してきた。

裕子《ゆうこ》は、大きく息をつく。

なんだか不思議な感じがした。

テレビで、ビデオで、何度となく見てきたこの場所に、今、自分たちがいる。

(来たんだ。ここに)

本当に。

あの日、夢見た場所に来た。

前奏が流れ、曲が始まる。

そうして、彼女たちが踊りだしたとたん――。

順位のことも。

優勝のことも。
裕子《ゆうこ》の頭から消え去った。

（すごい）
この子たちは、本当にすごい。
裕子《ゆうこ》の胸に、感動とも、感謝ともつかない思いがこみあげてくる。
（本当に、ここまで来たんだ）

本当に、夢はかなうんだ！

第1章

「夢はかなう」なんて嘘だった

全日本チアダンス選手権大会で演技を披露する部員たち。(2007年)
提供：一般社団法人 日本チアダンス協会

放課後の電話にビクッとする

「夢はかなう」「人は変われる」

いつからか、それが、五十嵐裕子《いがらしゆうこ》の信念だった。

だが、念願かなって教師になった今、そんな言葉はきれいごとにすぎないと思い知った。


一九九三年九月。

放課後、電話が鳴ると、裕子《ゆうこ》はいつもビクッとする。

ほとんどの場合、それは、生徒が何か問題を起こしたという知らせだからだ。


その日も、やはり——。


駆けつけた交番には、三人の女子高校生が補導されていた。

全員、裕子《ゆうこ》のクラスの生徒たちだ。

自転車を盗んだのだという。

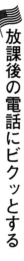

一分の隙もないスーツ姿で、パンプスのヒールを鋭く鳴らし、裕子《ゆうこ》は無言で教え子たちの前に立った。

うつむいた少女たちの肩が、みるみる緊張でこわばっていく。

裕子《ゆうこ》は、校内でも有名な鬼教師――それも、生徒指導部の先生だからだ。

三人のうち一人は、早くも目を真っ赤に泣きはらしている。

(泣くくらいなら、最初からそんなことしなければいいのに)

裕子《ゆうこ》は、つねづねそう思う。

窃盗《せっとう》は、れっきとした犯罪である。高校生にもなれば、そんなことくらい、ちゃんとわかっているはずだ。

だが、一部の生徒たちは、何度叱っても、何度言い聞かせても、問題行動をくりかえす。

補導された子たちの一人、高須《たかす》マミもそうだった。

おびえきった少女たちの中で、ただ一人、マミだけが、反抗的なまなざしで裕子《ゆうこ》をにらみ返してくる。

「なんてことしたの!」

交番中に、裕子《ゆうこ》の怒声が響き渡った。

そこからは、もう、裕子《ゆうこ》にとってはおなじみの展開だ。

裕子《ゆうこ》が頭ごなしに叱りつけ、マミも負けずに言い返す。

そんな不毛なやりとりを、この学校へ来て以来、裕子《ゆうこ》はどれほどくりかえしてきただろう。

翌日から、マミは学校に来なくなった。

「ちゃんと学校に出て来なさい」

という裕子《ゆうこ》の呼びかけにも、返事は来なかった。

保護者ともずいぶん話し合ったものの、この事件は結局、マミの退学という形で幕を閉じた。

こうした形で学校をやめていく生徒は、一クラスに五人から、多いときは十人にものぼった。

裕子《ゆうこ》がいたのは、そういう学校だった。

初めての学校で

（大人になったら、先生になる）

それが裕子《ゆうこ》の夢だった。

そのルーツは、十代のころ、夢中で見ていたテレビドラマ『3年B組金八先生』[注2]や『スクール☆ウォーズ』[注3]までさかのぼる。

問題児だった生徒たちが、先生との関わりを通して、みるみる人間的に成長していく。

一度はあきらめかけた夢を、先生にはげまされてかなえていく。

そんなミラクルが、裕子《ゆうこ》は昔から大好きだった。

人が変わるきっかけを与えたい。

夢をかなえる手助けをしたい。

そんな思いで選んだ教師という仕事は、だが、裕子《ゆうこ》が抱いていた夢とはほど遠い現実をつきつけてきた。


大学卒業後、裕子《ゆうこ》が初めて赴任《ふにん》した高校は、いわゆる「荒れた」学校だった。

髪を金髪に染めた生徒。校内でも、アイラインやマニキュアをしている生徒。

スカートはぎりぎりまで短くたくしあげ、授業中にガムをかむ。マンガを読む。弁当を食べ始める。

「静かにしろ！」

「ガムを出せ！」

「こっちを見ろ！」

まるで幼稚園児か、小学生にするような注意だけで、授業時間の大半が過ぎていく。

裕子《ゆうこ》が来るより前からこの学校にいる先生方は、そんな生徒たちをどうにかしようとする努力など、とうに放棄《ほうき》しているように見えた。

（これではいけない）

若く、理想に燃えていた裕子《ゆうこ》は、すぐにも何とかしなければ、という思いにかられた。

教師は、まず生徒に規律を守ること、ルールを守ることを教えなければならない。

それは、教育者としての裕子《ゆうこ》の、原点ともいうべき考え方だった。

人として、社会で生きていくためには、さまざまな決まりを守らなければならない。共通のルールを守ることは、集団や組織を作る上での最低条件だからだ。

だが、この学校には、「授業中に弁当を食べてはならない」といった、本来なら幼稚園で教わるような単純なルールさえ守れていない生徒が何人もいた。

裕子《ゆうこ》は、ただちに改革に乗り出した。

授業中に化粧《けしょう》をしている生徒がいれば、

「今すぐ取って来なさい！」

口答えされれば、

「もう一度言ってみなさい」

どれほど反抗されようと、

「ダメなものはダメ！」

と、生徒が指示に従うまで徹底的に指導する。

生徒に厳しく接したせいで、どんなに嫌われ、憎まれても。

裕子《ゆうこ》は、裕子《ゆうこ》が正しいと思い、生徒のためになると考えたことをする。

それが、教師としての裕子《ゆうこ》のスタンスだった。

私の指導には、何があっても従ってもらいます。

という裕子《ゆうこ》の姿勢は、またたくまに生徒たちの間で有名になった。
生徒指導の教師といえば、どこの学校でも、生徒には煙《けむ》たがられる存在だ。
実際、裕子《ゆうこ》の前に生徒指導を担当していた先生も、厳しいことでは有名だった。
だが、裕子《ゆうこ》の指導はそれ以上だった。
生徒たちは、裕子《ゆうこ》のことを、
「鬼が去って、悪魔が来た」
と、前任の先生以上に恐れるようになった。
当然、マミのような生徒たちからは嫌われる。
通勤に使っていた車に傷をつけられたり、靴に画鋲《がびょう》が入っていたりしたこともあった。

夢を持てない生徒たち

教師は、生徒に規律を守ること、ルールを守ることを教えなければならない。

というのが、教師としての裕子《ゆうこ》の信念ならば、

「夢はかなう」「人は変われる」

というのは、裕子《ゆうこ》の人としての信念だった。

大学を卒業するころから、裕子《ゆうこ》は、ノートに、自分の目標を書くようになった。

後に**夢ノート**[注4]として生徒たちに伝えることになるそのノートには、「教師になる」という大きな夢から、「鏡を買う」というささやかな夢まで、たくさんの夢が書きこまれ、かなった夢には○がついている。

そうして、裕子《ゆうこ》は夢をかなえ、教師になった。

何のとりえもない自分にだってできたのだ。この子たちにできないはずがない。

裕子《ゆうこ》は、くりかえし生徒たちに呼びかけ続けた。

「目標を高くしようよ」

「勉強して、もっと上を目指そうよ」

だが、彼女たちの反応は、

「上って何？」

「べつに、今のままでいいし」

「先生は理想が高すぎる」……。

授業の一コマを使って、夢ノートを作らせようとしても、

「夢って何？」

とか、

「お金がほしい」

という答えしか出てこない。


彼女たちは、**夢をかなえる以前に、夢そのものを思い描くことができない**のだ。


五十嵐裕子（以下「五十嵐」）「生徒たちの環境は、大変なものでした。家庭に問題を抱えた子が多く、たとえば、

『お母さんが外に男の人を作って出ていった』とか、

『今のお父さんは三人目』とか。

経済的に厳しい状況の子もいました。

『先月は電気が止められた』

『今月は水道も止められた』

『授業料のために、がんばってバイトして貯めたお金を、お父さんがギャンブルで全部使ってしまった』……。

要するに、今を生きるだけで精一杯、という子が多かったのだと思います。

そういう子たちは、どうしても『今さえ良ければ、後のことはどうでもいい』という考え方になりがちですから、『将来のために今をがんばる』という発想には、なかなかなりにくかったのだと思います」


未来を夢見ることができない、やる気を出せない生徒たちに、どうすれば夢を持たせることができるのか？

自分自身、大学を出たばかりで、人生経験のとぼしい裕子《ゆうこ》にとって、それはとほうもなく難しい問題だった。

生徒が悪いのは、教師が悪い

『金八先生』に影響されただけあって、裕子《ゆうこ》は熱血教師タイプだった。

裕子《ゆうこ》がまだ赴任《ふにん》したばかりのころ、こんなことがあった。

私は、この学校の生徒であることが本当にいやだ。人からバカにされるし、この制服を着て登校するのが本当につらい。

そう日誌に書いてきたのは、クラスの中でも真面目な子たちの一人だった。

実際、その学校の生徒たちの評判は悪かった。町に出れば、その学校にかよっているというだけで、眉《まゆ》をひそめる人が大勢いた。

つらい環境にいても、真面目にがんばっている子も少なからずいたが、行儀の悪い生徒の行動は、とかく目立ってしまうものだからだ。

タバコを吸う子。

万引きをくりかえす子。

繁華街《はんかがい》で、深夜まで遊んでいる子――。


だから、真面目に勉強している私たちまでバカにされる。冷たい目で見られる。

通学のとき、バスの運転手さんにまでいやな顔をされる。

それがとてもいやだ。


その子は、くりかえしそう書いていた。


五十嵐 「その文章を読んだとき、『これは間違っている!』と思いました。

真面目な生徒たちが、ばかを見るようなことだけは、何としても避けたかったのです。

だから、そのノートをコピーして、ある日の職員会議の後で、『待ってください!』と言って、先生方に配りました。

『見てください。生徒がこんな思いをしているんです。この学校の生徒が悪いのは教師が悪いからです!』と主張したんですね」

どんなにつらい環境にいようと、高校生がタバコを吸ったり、夜遅くまで繁華街《はんかがい》で遊んでいたりしていいわけがない。そんな生徒の行動を、あらためさせるのは教師の役目だ。

だが、新米教師の裕子《ゆうこ》の目には、先輩の先生方が、

「この子たちは、どうせ何をやってもダメだから」

と、最初からあきらめているようにしか見えなかった。

(先輩たちは、なまけている)

その思いが、『教師が悪い！』という過激な発言につながった。

当然ながら、職員会議は騒然となった。

しまいには校長先生が間に入り、その場はうまくおさめてくれたものの、会議の後で裕子《ゆうこ》は別室に呼び出され、校長先生からこんこんと諭《さと》されることになった。

その言葉は、今も、裕子《ゆうこ》の胸に刻まれている。

他の先生方も、決してあきらめているわけではない。

いろいろなタイプの教師がいていいのだ。
この学校にはこの学校の良さがある。
教育というものには、とにかく時間がかかるのだ。

五十嵐「今、ふりかえれば、当時の先生方は、『親』のような目線で生徒たちと関わっていたのではないかと思います。私はといえば、ただただ厳しく生徒たちを非難するしか能がない教師でした。当時、先輩だった先生方と同じ年齢になった今、ようやく、あのころの先輩方の姿勢も理解できるようになりました」

あるいは、こんなこともあった。

担当教科の保健体育以外に、裕子《ゆうこ》には、バレーボール部の顧問という仕事もあった。自分自身、バレーボールの経験がある裕子《ゆうこ》は、部員たちにいろいろ教えようとしたが、彼女たちはまったくついて来ない。大会前になっても、本気で練習もしない。サボって帰ってしまう生徒もいた。

腹を立てた裕子《ゆうこ》は、ある日、部員たちを集めて言い渡した。

「月曜日には、やる気のある子だけ出て来なさい！」

裕子《ゆうこ》にしてみれば、本気でやる気のある子たちだけ残ればいいと思っていた。

やる気のない子を、いくら教えても仕方がない。

だが月曜日、体育館で待つ裕子《ゆうこ》のところに、部員は誰も来なかった。

五十嵐「今思えば、当然の結果でした。当時の私は、『あなたたちはここがダメだ』『だから直せ』って、まず相手を否定するところから入っていましたから。そんな状態では、こちらが何を言っても、生徒たちが聞くはずありませんよね」

ダメ出しだらけの通知表

マミのいた学年が、卒業式を迎えた日。

裕子《ゆうこ》はクラスの生徒たちに、

「先生の通知表を書いてほしい」

と、自作のプリントを配布した。

教師である自分に、生徒の視点で点数をつけてほしいと考えたのだ。

生まれて初めて受け持ったクラスで、いろいろ失敗もしたけれど、楽しいこともたくさんあった。彼女たちは、裕子《ゆうこ》と過ごした三年間を、どのように受け止めていたのだろう。

相当厳しいジャッジが出るだろうな、と覚悟する反面、自分だってやるだけのことはやったのだから、と期待する気持ちが、まったくなかったとは言い切れない。

そうして——。

どきどきしながら開いた通知表には、予想以上に辛辣《しんらつ》な言葉が並んでいた。

「先生は教師に向いてない」

「熱すぎて」

「うざかった」

「むかついた」

……。

五十嵐「あのころは若かったし、教師としても人間としても、本当に未熟でした。自分の思いばかりが先走って、生徒たちを理解するという感性が完全に抜け落ちていたんです。

生徒たちにしてみれば、自分たちをまったく理解しようとしない先生に何を言われても、やる気を出せるはずがありませんよね。でも、私はそのことにずっと気づくことができず、ひたすら勢いだけで生徒を引っ張っていました。

今でも、あの三年間はトラウマですね。自分では、生徒たちのために身をけずる思いでがんばっているつもりなのに、まったくといっていいほど結果が出ない。生徒たちもつらかったと思います。私自身、不登校になりそうでした。実際、何度か学校を休んでしまったこともありますしね」

裕子《ゆうこ》はその後も学級担任をもったが、納得のいく成果は出せないまま、いつのまにか、その学校で十一年が過ぎていた。

思いつくかぎりのチャレンジはしてきたつもりだ。だが、自分はだめな教師だ、という自己否定は、常に裕子《ゆうこ》につきまとった。

授業でもクラスでも、もはや、生徒たちのために何かをがんばるという気力を失いかけていた。

何度も「教師をやめよう」と思った。自分は教師に向いていないのだ。

気がつけば、裕子《ゆうこ》は、自分が最も嫌いだったはずの「あきらめた教師」になりさがってしまっていた。

——このまま自分がここにいても、良い影響は与えられない——

自分は、ここを離れなければならない。

でも——。

この学校は、裕子《ゆうこ》には荷が重かったけれど。

それでも、夢をあきらめず、もう一度だけやり直そう。

そう思って、異動を決めた。

二〇〇四年三月。

裕子《ゆうこ》は異動願いを提出した。

挫折と失敗の苦い日々に、みずから終止符を打ったのだ。

第2章

新たな夢

チンが3年間書きためた日誌や夢ノートなどの一部。

偶然見たテレビ番組がきっかけに

しかし人生、転機はどこに転がっているかわからない。

裕子《ゆうこ》がそれを目にしたのは、まったくの偶然だった。


二〇〇四年、春。


異動希望を提出し、次の赴任《ふにん》先が決まるまでの、エアポケットのような時期だった。

何の気なしにつけたテレビ画面に、ふいに、あざやかな色彩が躍《おど》った。

『厚木《あつぎ》高校・ＩＭＰＩＳＨ《インピッシュ》。日本人として初の全米優勝を果たしました！』

それは福井放送『ズームイン!!SUPER』[注5]が取り上げた、神奈川県立厚木《かながわけんりつあつぎ》高等学校ダンスドリル部「ＩＭＰＩＳＨ《インピッシュ》」の全米チアダンス選手権大会優勝のニュースだった。

裕子《ゆうこ》とチアダンスとの、ファーストコンタクトである。

チアダンスとは、スポーツを応援するチアリーディングの、ダンス部分だけを独立させた競技である。

約二分半の時間内で、ポン、ヒップホップ、ジャズ、ラインダンスの四種類を、それぞれ二十秒以上連続して踊り、ダンスの技術や振付・構成、チームとしての一体感や表現力を競い合う。

――などという解説を、裕子《ゆうこ》はまったく聞いていなかった。

何か、とほうもなく大きなものに、人が全力でぶつかっていくとき。

その姿は、問答無用で見る人の心をつかみ、魂を根底から揺り動かす。

裕子《ゆうこ》は、まさに今、その感動のただなかにいた。

（すごい）

（この子たち、普通の女子高生なのに）
（全米制覇？）
（日本人で初めて？）
（すごい！　すごい！）
息をするのも忘れ、くいいるように画面を見つめる。
そんな裕子《ゆうこ》の中で、次第に、ひとつの考えが形になり始めた。
（ただの女子高生が）
（達成する。何か、とてつもなく大きなことを）
（福井で）
（そう、福井で。それができたら）
（それができたら――もっとすごい！）

いつか、こんなチームを作ってアメリカに行く！

そう思ったとたん、裕子《ゆうこ》の全身に鳥肌がたった。

裕子《ゆうこ》の中に、新たな夢がめばえた瞬間だった。

福井から、はるか、アメリカまで続く一筋の道。

かぎりなく細く、だが、まばゆいばかりに輝くその道が、自分の足もとからフロリダまで、一直線に通じたのを、裕子《ゆうこ》は確かに見たと思った。

この時点では、裕子《ゆうこ》以外、誰ひとり知らない、想像することすらなかった道だ。

その道を、裕子《ゆうこ》はこのときから歩き始めることになる。

五十嵐「私自身は、チアの経験も、ダンスやバレエの経験もまったくありません。
でも（チアダンスを）見た瞬間、あ、これだ！　次はこれをするんだ！　と」

「素材」はすべてそこにあった

その後まもなく、裕子《ゆうこ》の異動先が決まった。

福井県立福井商業高等学校《ふくいけんりつふくいしょうぎょう》。

野球部は甲子園の常連。卓球、ハンドボール、バレーボール、バスケットボールなども、県大会で数々の優勝実績を誇る、県内一、部活のさかんな高校だ。

「そんな専門職みたいな人ばかりいる学校に行って、つとまるの？」

というのが、裕子《ゆうこ》の異動先を聞いた友人たちの、最初の反応だったという。

じっさい、裕子《ゆうこ》以外の運動部顧問の顔ぶれは豪華だった。

卓球部の顧問の商業科教諭は、元全日本学生チャンピオン。

ハンドボール部の顧問は、元日体大のインカレ優勝メンバー。

バレーボール部の顧問は元筑波大インカレ三位メンバー。

当時、野球部の顧問だった北野尚文《きたのなおふみ》氏は、全国最多となる春夏通算三十六回の甲子園出場を果たした、高校野球界のカリスマ監督である。

そんな中、スポーツ選手としては何の実績もない自分が、はたしてやっていけるだろうか？

——という、かなり大きな不安は、裕子《ゆうこ》の中に確かにあった。

だが、何事も、やってみなければわからない。

そして、どんなことであっても、

やってやれないことはない。やらずにできるわけがない。

という彫刻家・平櫛田中《ひらくしでんちゅう》の言葉は、幼いころからの裕子《ゆうこ》のモットーだった。

その福商に、バトン部があることを知っていた裕子《ゆうこ》は、着任早々、バトン部の顧問を希望する。

「バトン部」といっても、バトントワリングの大会に出場するような活動はしておらず、野球やバレーボールの応援をするためにだけあるような部活だった。

だが、その存在は、地元の人なら誰でも知っていた。

甲子園の応援でテレビに映る、いわば福商のチアリーダーだったからだ。

五十嵐「それなら、このバトン部を、チアダンス部に変えてしまえば話は早い！　という、今思えば、何とも楽観的な思いでした」

（チアダンスをやろうと思った矢先に、チアリーダーのいる高校に決まるなんて）

裕子《ゆうこ》にしてみれば、これはもはや、神様がくれたチャンスとしか思えなかった。

バトン部はギャルの集まり

福商は、部活のさかんな学校である。

そのことを、裕子《ゆうこ》が実感したのは、福商の校舎に、初めて足を踏み入れたときだった。

全国大会の常連になるような運動部の生徒たちは、練習熱心なだけでなく、廊下で先生や先輩に会えば、大きな声できちんと挨拶《あいさつ》する。

そのような文化が、すでに学校に根付いているのだ。

裕子《ゆうこ》は、まず、この挨拶《あいさつ》に感動したという。

五十嵐「早朝から放課後まで、学校中が挨拶《あいさつ》の声で元気いっぱいなんです。こんなことは、母校でも、前任校でも、一切ありませんでした。ですから、初めて見たときは、『何なんだろう、このさわやかな高校生は』と」

そんな中、裕子《ゆうこ》が、放課後バトン部の練習場に行ってみると――。

そこには、運動部のさわやかさとは正反対の、ゆるみきった空気が流れていた。

部員たちは、一応、野球の応援用のダンスを練習していた。

だが、そのダンスはお世辞にも「そろっている」とはいいがたく、どの子も「なんとなく」踊っているのが、はたから見ても明らかだ。

しばらく踊っていたかと思うと、誰からともなく座りこんでおしゃべりを始める。

しばらくして、誰かが「やろう」と言うと、なんとなくまた踊り始める。

裕子《ゆうこ》が考えるチーム像とは、真逆の姿がそこにあった。

当時のバトン部は、クラスでも目立って可愛《かわい》い子、それも自分の見せ方をよく知っている子が好んで入るような「ギャル集団」だった。

彼女たちの目標は、可愛《かわい》いユニフォームを着て、野球部や春高バレーの応援に行くこと。

甲子園のアルプススタンドで、一瞬でもテレビに映ること。

野球部の彼氏を作ること。

五十嵐「福商は、甲子園の常連校ですから。バトン部に入って野球の応援に行くことは、女子生徒にとっては、一種のステイタスでした」

そんな彼女たちの目を、チアダンスに向けさせるところから、裕子《ゆうこ》の「作戦」は始まった。

早速、部員たちを集め、買ってきたチアダンスのビデオを見せて、

「これがチアダンスっていうの。やってみない？」

と、紹介する。

「え、すごーい！　何これ。やりたい！」

裕子《ゆうこ》の異動と同じ年に入学してきた一年生の部員たちは、一も二もなく飛びついた。

だが、すでにバトン部で活動していた二年、三年の生徒たちは「え〜、やだ〜！」と猛反発。

考えてみれば当然のことで、彼女たちは、野球部の応援がしたくて入ってきたのだ。チアダンスのことなど知らないし、まして、大会に出ることなど、裕子《ゆうこ》が言い出すまで、想像したことさえなかったに違いない。

そんな環境に、いきなりチアダンスを導入するのは難しい。
だが、裕子《ゆうこ》の決意は固かった。

いつか、IMPISH《インピッシュ》のようなチームを作ってアメリカに行く――。

バトンではなく、チアの振付ができるコーチを招いたり、自分でもチアダンスを勉強したりといった、地道な準備を進めていく。

自身の勉強の一環として、裕子《ゆうこ》は、この年、**日本チアダンス協会**が兵庫で開いたワークショップに参加した。基礎的なステップやアームモーション、ポンポンの扱いなど、チアダンスの基本を教える、初心者向けのワークショップである。

ここで講師をつとめていたのが、後に、運命的な絆で結ばれることになる**前田千代《まえだちよ》コーチ**だった。

裕子《ゆうこ》がチアダンスにハマるきっかけを作った厚木《あつぎ》高校のIMPISH《インピッシュ》。

そのＩＭＰＩＳＨ《インピッシュ》のレッスンを受け持ち、全米優勝にまで導いたカリスマコーチである。もっとも、このとき、裕子《ゆうこ》はまだ、千代《ちよ》コーチがそんな人だとはまったく知らなかったという。

ただ、ワークショップに出て、

「これは楽しい、絶対やるべき!!」

と盛り上がった裕子《ゆうこ》は、ますますバトン部の改革にのめりこんでいった。

チアの魅力は「ぜいたくさ」

裕子《ゆうこ》にとって、チアダンスのどこが一番魅力的だったのだろうか。

五十嵐「いろいろなジャンルの踊りが入っていて、とてもぜいたくなところですね。
人がダンスをしている姿は、それだけですばらしいものですが、（チアダンスは）衣装がまた格好いい。
格好いいし、ぜいたくだし……こんな競技、他にないでしょう？」

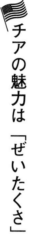

裕子《ゆうこ》の言う**いろいろなジャンル**とは、大きく分けて次の四つをさす。

- ✔ **ポン**……シャープでキレのある腕の動きを中心としたダンス。**正確で力強いアームモーションと動きの一体感**が求められる。
- ✔ **ヒップホップ**……アメリカで発祥《はっしょう》したストリートダンス。**パワフルさとリズム感**、そして何より**音楽を生かした創造性**が求められる。
- ✔ **ジャズ**……バレエの要素をふんだんにもりこんだ、しなやかで流れるようなダンス。**テクニカルスキル**や**表現力**が求められる。
- ✔ **ラインダンス**……全員が整列し、キックを取り入れたコンビネーションで踊るダンス。**全員の息が合ったところ、柔軟性、**そして**一体感**が要求される。

ぜいたくで魅力的なチアダンス。だが、それを踊りこなすには、それぞれのジャンルに要求される技術と、何より膨大な量の練習が不可欠だった。

甲子園で、野球部を応援できさえすればいい。

という軽いノリで入部してきた女の子たちに、はたして、そんなことができるのだろうか。

二〇〇五年八月。

福商に赴任《ふにん》して、早くも一年四ヶ月がたとうとしていたこのころ、裕子《ゆうこ》は、東京《とうきょう》・代々木《よよぎ》で開催された「ミスダンスドリルチーム日本大会2005」を見に行った。そこには、全国の高校からチアの精鋭たちが集まってくる。


生で目の当たりにした大会は、裕子《ゆうこ》にさらなる衝撃をもたらした。

演技がすばらしいことはもちろん、どの学校の選手たちも、他校のチームが登場すると、客席でポンポンを振り、声をそろえて応援するのだ。


チア・スピリット。

チアリーダーは、つねに笑顔で、人を応援し、元気づける。

たとえ、それがライバルであっても。

五十嵐「ただただ感動しました。ライバルなのに、他のチームを応援している。他の競技ではありえない、美しい姿に圧倒されました」

これはもう、やるしかない！

裕子《ゆうこ》の決心はさらに固まり、夢はさらにふくらんでいく。

同年九月。

今度は、福井テレビ『奇跡体験！アンビリバボー』[注6]で、再び厚木《あつぎ》高校のIMPISH《インピッシュ》が取り上げられた。

裕子《ゆうこ》は、このとき初めて、IMPISH《インピッシュ》が**自律型**のチームだったことを知る。

五十嵐「あれだけ強いチームですから、きっとカリスマみたいなコーチなり先生なりがいらして、スパルタ教育でびしびし指導していらっしゃるのだろうと思っていました。部活動で強豪チームを育てようと思ったら、それが常識だと思っていましたからね。でも、IMPISH《インピッシュ》は全然違いました」

IMPISH《インピッシュ》の顧問をつとめる**伊藤早苗《いとうさなえ》先生**は、裕子《ゆうこ》同様、チアダンスの経験はなく、踊りの指導は前田千代《まえだちよ》コーチに、その日の練習メニューなどは生徒たちに、すべて任せているという。

五十嵐「衝撃でした。生徒たちだけで練習しているのに、あれだけ強くなれる、ということが」

そのとき。
裕子《ゆうこ》の脳裏を、ふとよぎったものがあった。

ルーツは、母校の応援合戦

五十嵐「私は、子どものころから学校祭が好きでした。とりわけ、ダンスが好きだったので、学校祭の中の体育祭で行われる**応援合戦**をするのが特に好きでした」

福井県では、どの学校でも、体育祭や運動会のプログラムに、「応援合戦」が入っている。一年生から三年生まで、縦割りで分けた各チームで、様々なパフォーマンスを競うのだ。中でもダンスはメインになることが多く、ダンスが好きな生徒たちは、こぞって応援合戦のできる応援団に入る。

裕子《ゆうこ》の母校・藤島《ふじしま》高校にも、もちろん応援合戦があった。しかも、学校祭や応援合戦の運営には、先生はほとんど口を出さず、生徒の自主性に任されていたという。

先生にあれこれ指図されることなく、自分たちだけで考え、実行していく面白さ――。IMPISH《インピッシュ》の部活の様子は、裕子《ゆうこ》に、そのときのことをまざまざと思い出させたのである。

五十嵐「藤島《ふじしま》でもそうでしたし、IMPISH《インピッシュ》も、自分たちだけで考えて、実行して、すばらしいものを作り上げているわけです。うちの学校でも、そんなふうにできたらいい、いや、きっとできるはずだ、と思いました」

しつけの段階で四苦八苦

当時のバトン部の練習は、「自分たちが好きなように踊れればいい」という自己満足の域を出ないものだった。練習に練習を重ね、可能なかぎり高みを目指す、という、裕子《ゆうこ》が思い描くような姿とは、ほど遠いスタンスである。

それよりも問題だったのは、校則を守らない生徒が多すぎる、ということだった。

化粧《けしょう》。ピアス。茶髪。さらには、練習を勝手に休んだり、途中で帰ってしまったりする子もいる。

チームというには、あまりにお粗末な集団だ。

そこで、裕子《ゆうこ》がまず取り組んだのは、生活態度の指導だった。

「化粧《けしょう》を落とせ！」

「ガムを出せ！」

「話を聞け！」

このあたりは、前任校にいたころと変わらない。

練習どころか、これではしつけの段階だ。

それでも、その年の十一月、三年生の引退後に行われた校内の発表会で、バトン部の二年生はチアダンスを披露《ひろう》した。

このときのチアの振付は、全国大会のビデオの中から、最も振付が簡単そうなチームを選んで真似《まね》をした。曲も、そのチームと同じ曲を使って練習した。

福商でチアダンスが演じられた、初めての発表会。

このときから、バトン部は、後のチアリーダー部「ＪＥＴＳ《ジェッツ》」へと、徐々にその姿を変えていく。

一年生が全員、大会をドタキャン

同じ月、裕子《ゆうこ》はバトン部の二年生を、全日本チアダンス選手権大会トライアル部門に出場させることにした。

「出場」といっても、この部門に出るのは、大会慣れしていない初心者チームばかりである。点数はつかないが、そのかわり、エントリーすれば、大会の選手たちと同じステージで踊ることができる。

本物の大会を生で見せ、あの空気を肌で感じれば、この子たちももっとやる気を出すに違いない。

というのが、裕子《ゆうこ》の考えだった。

ところが――。

このとき、二年生と一緒に行って大会を見学するはずだった一年生部員十八名が、出発直前になって、次々と「行けません」と言いだした。

理由は――「法事」。

何人かが、

「法事があるので行けません」

と言ってきたと思ったら、他の子たちも「私も、私も」と言い出して、あれよあれよという間に、全員が見学をキャンセルした。

五十嵐「これは、私も悪かったと思います。二年生は、自分たちが踊るわけですから当然行く。一年生も、あの大会を見さえすれば絶対変わる、と思ったんです。だから、(一年生の子たちには)『東京《とうきょう》の大会に行きます。予約したからね』とだけ言って、さっさと決めてしまいました。あの子たちは不服そうな顔をしていましたが、そのときの私は、とにかく連れて行きたい思いばかりが先走って、生徒たちの気持ちまで考える余裕がありませんでした」

一年の子たちにしてみれば、

「ただ見るだけのために、そんなにお金はかけられない」

というのが正直なところだったのだろう。東京《とうきょう》までの交通費やチケット代は、学校からは出ない。生徒各自が負担するとなれば、家族からも文句が出たにちがいない。

出発当日。

裕子《ゆうこ》は、結局無駄《むだ》になってしまったチケット十八人分を握りしめ、東京《とうきょう》行きの電車に乗りこんだ。

交通費はキャンセルできたが、チケットはもう払い戻しがきかない。

生徒が負担すべきところではあるが、結局、裕子《ゆうこ》が買い取ることにした。

痛い授業料だったが、自分のいましめにしようと思った。

出場する生徒たちのために、できるだけのことをしよう。

そう、頭を切り替えた。


東京《とうきょう》・駒沢《こまざわ》オリンピック公園内にある会場に着くまでの、生徒たちの引率がまた大変だった。

裕子《ゆうこ》はあらかじめ、生徒たちに、

「(東京《とうきょう》には) 私服で来るように」

と指示しておいた。いつも彼女たちがしているような、着崩した制服姿より、高校生らしい私服姿のほうが、印象がいいと考えたからだ。

だが、甘かった。

福井駅に集まった生徒たちを見回せば、ヒールにヘソ出し、ミニスカートという姿である。東京《とうきょう》へ行くというので、みんな気合を入れてきたのだ。

「先生、足痛い」

「ええい、はだしで歩け！」

生徒たちを叱りつけながら会場へ向かったはいいが、山手線《やまのてせん》に乗ろうとしたら、列の後ろ半分がいない。

「東京《とうきょう》行ったら、先生みたいな服を着た人がいっぱいいて間違えました〜」

当時の裕子《ゆうこ》は、ソバージュのロングヘアに、かっちりしたスーツで通していた。

福井ではひときわ目立ったその姿も、東京《とうきょう》ではさほど珍しいものではない。

最終的にはどうにか合流できたものの、チームとして最低限の集団行動もできないというのは、チアダンス以前の問題だ。

——ダンスだけを、どれだけ教えてもダメなんだ……。

と、裕子《ゆうこ》が痛感した出来事だった。

このときの記憶は、後に、裕子《ゆうこ》がチアリーダー部「ＪＥＴＳ《ジェッツ》」を立ち上げるにあたって、大きな影響をおよぼすことになる。

会場で、憧れの伊藤先生に遭遇

そんなことがあった後、やっとのことでたどりついた会場で、裕子《ゆうこ》は偶然、厚木《あつぎ》高校の伊藤早苗《いとうさなえ》先生に出会った。前田千代《まえだちよ》コーチとともに、ＩＭＰＩＳＨ《インピッシュ》を日本人初の全米優勝に導いた立役者である。


五十嵐「洗面所で手を洗っていたときでした。すぐ横に、テレビで見た伊藤《いとう》先生がいらしたんです。

あわてて名刺を出して、

『すみません、福井の五十嵐《いがらし》と申します。福商でチアダンスを教えています。アンビリバボー見ました。ファンです！』

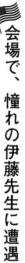

そうしたら、

『あらそう。あなたも出るの？ 応援するわね』

すごく優しく応対してくださいました。感激でしたね」

こうして、福商バトン部は、初出場の大会で、なんと、あのIMPISH《インピッシュ》に応援してもらえることになった。この日から、裕子《ゆうこ》と伊藤《いとう》先生の、師弟関係ともいうべき関係がスタートすることになる。


このときの大会では、他にもトラブルがあった。

何しろ、初出場である。裕子《ゆうこ》は大会のしきたりをよく知らず、生徒たちはみな、ユニフォームにルーズソックスというでたちだった。

だが、大会でのルーズソックスの着用は、禁止こそされていないものの、審査員にも、観客にも、あまり良い印象を与えない。

リハーサルを見ていた伊藤《いとう》先生に教えられ、初めてそのことを知った裕子《ゆうこ》は、大あわてで会場内を駆け回るはめになった。

五十嵐「たまたま、売店で白のソックスを売っていたので、それを人数分買いそろえて、本番直前に、生徒たちに、

『全員、これにはきかえて！』

それで、なんとか無事に出場することができました。

生徒たちは、がんばって踊りきりましたし、よくやったと思います。感動もしました。

しかし、他のチームに比べれば、ダンスのレベルには雲泥の差がありましたね」

二〇〇六年一月。

福商バトン部は、ゴリエ杯[注7]の名古屋予選に出場した。ゴリエの衣装を完全にコピーしたものを自分たちで作り、名古屋まで遠征したものの、結果はあえなく予選落ち。

生徒たちは落ち込んだが、裕子《ゆうこ》の頭には、そもそもの始まりから、常にアメリカの大会があった。

五十嵐「アメリカまで十年はかかると思いましたが、これはやり甲斐《がい》がある仕事だと思

いました。結果にこそつながらなかったものの、生徒たちがいきいきと輝き、自分に自信を持つにはもってこいの競技だと確信することができました。何より、元気のいい福商の生徒たちにぴったり合う」

いつか、生徒たちをアメリカに連れていくために、今、何をするべきか。
裕子《ゆうこ》の挑戦は、まだ始まったばかりだった。

第3章

新体制、スタート

初めて出場した全日本チアダンス選手権大会の予選を無事に通過し、
五十嵐先生と焼き肉を楽しむ生徒たち in 東京。（2006 年）

JETS誕生

前年の東京《とうきょう》行きで、

✔**チームとして決まりを守れないのは、チアダンス以前の問題だ。**

✔**ダンスだけをどれだけ教えてもダメなのだ。**

ということを痛感した裕子《ゆうこ》は、翌二〇〇六年の新入生には、最初から、

「**アメリカ大会を目指す部活ですが、やりますか？**」

「**校則をきちんと守れますか？**」

ということを確認してから入部させることにした。

さらに裕子《ゆうこ》が徹底したのが、「**部員は全員オールバック**」ルールである。

理由は、前髪がダンスの邪魔《じゃま》にならないためと、顔を明るく見せるため。

オールバックだと、自然と顔も上向きになり、表情がぱっと明るくなる。

それより何より、バレエやダンスをしている者にとって、オールバックはごく当たり前の常識だった。

とはいえ、見た目を気にする思春期の少女たちにとって、「おでこ全開」はほとんど罰ゲームに等しい。


福商のバトン部に入れば、甲子園で応援できる。野球部の彼氏ができる。

そんな動機で入ってきた子たちにしてみれば、

「はあ？　何それ」

「話がちがう！」

という気持ちだっただろう。

だが、裕子《ゆうこ》はがんとして譲らなかった。

「校則が守れないなら、やめてもらいます」

「おでこを丸出しにできないなら、やめてもらいます」

という方針を前面に打ち出し、そう聞いても「やる」とうなずいた子たちだけを入部させていった。

そして、二〇〇六年四月――。

「今日から、このバトン部は、チアリーダー部『JETS《ジェッツ》』に変わります」

新一年生を加えた部員たちを前に、裕子《ゆうこ》は高らかに宣言した。

高校の三年間は短い。その中で、ジェット噴射するがごとく急成長し、世界に羽ばたくチームに育ってほしい。

そんな願いをこめてつけた名前である。

「変わるのは名前だけではありません。部活の方針も変更します」

新生『JETS《ジェッツ》』のモットーは、**明るく素直に美しく。**

メンバーは全員、校則を厳守すること。

練習中は、全員、おでこを全部見せること。

裕子《ゆうこ》が新ルールを一つ発表するたびに、神妙な顔で頷《うなず》く一年生の新入部員たち。

この後、部長に選ばれることになる**文倉綵香《ふみくらあやか》**（ブン）。

物静かな副部長、**山田亜梨紗《やまだありさ》**（アリサ）。

卒業後、コーチとしてＪＥＴＳ《ジェッツ》を指導することになる**三田村真帆《みたむらまほ》**（マホ）。

ステージでは誰よりも華があると言われた**中川怜美《なかがわさとみ》**（サトミ）。

チームきってのムードメーカー、**牧田萌《まきだめぐみ》**（チン）。

後に**初代ＪＥＴＳ《ジェッツ》**と呼ばれることになる世代の、中核メンバーたちである。

彼女たちは、最初から、この部活がアメリカの大会を目指していることも、そのためには校則を守らなければならないことも、承知の上で入ってきていた。

だが、そんな約束などしていない二年生の間からは、裕子《ゆうこ》が何か言うたびに、いちいち「え～っ!?」と不満の声が上がる。

彼女たちは、実質、旧バトン部の最後の世代だった。前の年、全日本チアダンス選手権の見学を、そろってドタキャンした子たちである。

旧バトン部と、新生ＪＥＴＳ《ジェッツ》。

両者のギャップを目の当たりにした裕子《ゆうこ》は、即座に一年生を「隔離」しようと決意した。

悪い習慣は、ここで断ち切る。

先輩たちの悪影響を受けさせてはならない。

こうして、総勢十八人の一年生たちは、二年生部員とはほとんど接点のないまま、裕子《ゆうこ》の敷いた新体制のもとで活動を開始することになった。

挨拶を徹底する

新体制をスタートした裕子《ゆうこ》が、まっさきに取り組んだのが、挨拶《あいさつ》の徹底だった。

野球部や卓球部など、福商の運動部には、すでに「先生や先輩に会ったら、大きな声で挨拶《あいさつ》をする」「部活中は、仲間うちで積極的に声をかけあう」といった伝統ができている。

そして、このような習慣が徹底されている部活ほど、大会でも好成績をおさめていた。

JETS《ジェッツ》もアメリカを目指すなら、この習慣はぜひとも見習うべきだ。

そう考えた裕子《ゆうこ》は、早速、部活に挨拶《あいさつ》の練習を取り入れた。

ただ「はい！」と「こんにちは！」を言うだけの練習を、来る日も来る日もくりかえす。

「ここは何部？」

「早く踊らせてよ」

という生徒たちの不平は断固、無視した。

そのときのことを、当時、一年生だった**中川怜美**《なかがわさとみ》**（以下「サトミ」）**は次のように振り返る。

サトミ 「とにかく、『はい』と『こんにちは』、あと『ありがとうございます』だけを、一人ずつ言っていくんです。

鏡に向かって笑顔の練習もたくさんしました。それに、（五十嵐《いがらし》）先生が、『もっと口角を上げて！』とか『お腹から声を出す！』とか、一人ずつダメ出ししていく感じで」

実は、当時のサトミのことを、裕子《ゆうこ》は、ひそかに「一番入ってほしくない生徒」だと思っていたという。

五十嵐「一年生の、最初の体育の授業で会ったときの印象が悪かったんですよ。口角がこう、への字に下がって、すごい不満顔をしていたんです。この子が入ってくると厄介だな、と思っていました」

だが、サトミは入部してきた。

裕子《ゆうこ》は、サトミには、特に厳しく笑顔の練習をさせることにした。

サトミ「こうやって、ほっぺたを両側からぐにーってつまれて、
『あなたはこの練習を毎日五回しなさい！』って。
めっちゃイヤでした」

だが、そんなことをくりかえすうちに、サトミの表情は次第に変わり、最終的には「ミ

ス福商」に選ばれるほどの輝く笑顔を手にすることになる。

掃除を徹底する

もうひとつ、裕子《ゆうこ》が部員たちに徹底させたのが、掃除だった。

掃除をすれば心が磨《みが》かれる
環境が整えば、人生が変わる

とは、多くの経営者やリーダーたちが、くりかえし言っていることである。

東京《とうきょう》ディズニーランドやディズニーシーでは、ささいな汚れもおろそかにせず、掃除やペンキの塗りなおしを頻繁《ひんぱん》に、かつ徹底して行うことで、従業員や来客のマナーの向上に成功している。

また、一九八〇年代、アメリカ有数の犯罪多発都市だったニューヨークは、一九九四年に市長に就任したルドルフ・ジュリアーニが、地下鉄の落書きや未成年者の喫煙、無賃乗車などを徹底して取り締まった結果、治安が劇的に向上した。

自分たちが使った道具は、きちんと手入れすること。

部室や練習場所は、常に感謝して掃除をすること。

この二点を、裕子《ゆうこ》はくりかえし強調した。

今（二〇一六年）でこそ、福井県が誇る強豪チームとして認められるようになったＪＥＴＳ《ジェッツ》だが、当時は、運動部のおまけ的な存在としか見られていなかった。

学内の体育館はほとんど使えず、練習場所は、学校の駐車場や外の渡り廊下である。

渡り廊下のコンクリートで柔軟体操をしていると、通りかかった男子生徒から、

「コンクリート、おいしいですか〜」

などというひやかしの文句が浴びせられることもあった。

そんな中、振り入れ（音楽に合わせて振付をつけていくこと）など、どうしても体育館で練習する必要があるときは、裕子《ゆうこ》が校外の体育館を借りていた。

サトミ「学校でも、外の体育館でも、

『他の人たちも使う場所を、私たちの練習のために使わせていただいているんだから、練習後の掃除は徹底的にするように』

と、いつも先生に言われてました。

終わった後、更衣室にゴミなんか残ってると、

『誰や、これ！』

って、ものすごく怒られました」


はたして、JETS《ジェッツ》では、掃除をして何かが変わったのだろうか。


サトミ「変わったっていうか……うーん、そういうのは、よくわからないですけど。

ただ（体育館の掃除などを）ずっとやっていくうちに、

『ああ、ここ使わせてもらってるんだから、きれいにしなきゃ』

とか、（前田千代《まえだちよ》）コーチが来るときも、

『せっかく来てくださってるんだから、ちゃんとしなきゃ』

っていう気持ちは、自然にできてきたのかな、と思います」

変化は、えてして、そのただなかにいる当事者たちには、なかなか自覚されないものだ。

だが、この数ヶ月後、福商を訪れた**前田千代《まえだちよ》コーチ**（以下、「**千代《ちよ》コーチ**」）は、初めてJETS《ジェッツ》を見たときの印象を、次のように語っている。

千代コーチ「（チアダンスの）チームにはいろんなタイプがあるんですが、JETS《ジェッツ》はとにかく『きちんとしたチーム』でした。

私が体育館に入っていくと、全員がきちんと整列して待っていて、みんながはきはきと大きな声で挨拶《あいさつ》する。私が座るための椅子《いす》や机もきちんと用意されていました」

裕子《ゆうこ》が打ち出した「挨拶《あいさつ》」と「掃除」の徹底は、千代《ちよ》コーチからの評価という形で、確実に成果に結びついていた。

大きな夢＝ビジョンを持つ

前の節で例にあげた、ニューヨークのジュリアーニ元市長。彼の政策は、「**ゼロ・トレランス**（非寛容）政策」と呼ばれている。その内容が、文字通り、寛容さを排除し、どのような違反も徹底的に罰する、というものだったからである。

サトミ「（五十嵐《いがらし》）先生は、生徒指導部の先生だったし。校則とか、服装とか、違反するとすぐ呼ばれました。あと前髪のこととか、とにかく身なりにすごくうるさかったですね」

校則を守らない生徒は、徹底的に指導する。

裕子《ゆうこ》のそのスタンスは、福商に来てからも、前任校と変わることはなかった。

にもかかわらず、ＪＥＴＳ《ジェッツ》のメンバーたちは、福商を卒業した後も、

「先生を信じていたから、あそこまで行けた」

「先生の言うとおりにしたら、いろいろなことが変わっていった」

「先生についていけば、なんでもできそうな気がした」

「今も先生のことが大好きです」

と口をそろえる。

前任校では、生徒たちから激しく反発された裕子《ゆうこ》の方針が、福商では受け入れられ、支持されるようになっていったのだ。

なぜか。


福商に来てからの裕子《ゆうこ》には、**明確なビジョン**があったからだ。


あの日見た、アメリカへと続く一筋の道。

とほうもなく大きなゴールをめざして、ステージで踊っていた少女たちの、あの輝き。エネルギー。

いつか自分もあそこへ行く。きっと行く。

くじけそうになるたびに、裕子《ゆうこ》はあの日の「アンビリバボー」を録画したビデオをくりかえし見ては、自分の気持ちを奮い立たせた。

ゴールは、あそこだ。
これから自分がすることは、すべて、あの場所につながっていなければならない。
そのために、自分は今、何をするべきか？

まず目標を定め、次にそのための戦略を立てる。
そのような**目的志向**の考え方を、**ゴール・オリエンテッド**という。
裕子《ゆうこ》は、もともと、このゴール・オリエンテッドな考え方をする傾向があった。
母校・藤島《ふじしま》の学校祭でも、

五十嵐「自分が三年生になったら、応援団で優勝して、友達みんなでトロフィーをもらって喜びたい、という気持ちがポンとでてくるわけです。
そのためには何をすればいいだろう？　と考えて、一年生のときは、リサーチで先輩たちのやることを見ている。二年生のときは、見ているだけではつまらないので、応援ではなく、別のことをする部隊に入って、そこの仕事をしながら、外から応援団のすることを見ている。三年になってから、ようやく自分が応援団に入り、考えてきたことを実行に移す。
そして、目標どおり優勝を果たしました」

というふうに、きわめて戦略的に動いている。

前任校で、裕子《ゆうこ》が設定していたゴールは、
「教育者として、生徒に規律やルールを守ることを教えること」だった。
そのため、

「規律やルールを守る生徒＝ＯＫ」
「規律やルールを守らない生徒＝ＮＧ」

という考え方になり、ともすれば、ＮＧの生徒たちに対し、

「その態度はよくない」

と頭ごなしに否定するような、硬直した態度におちいりやすかった。
また、生徒たちにかける言葉も、

「目標を高くしようよ」
「勉強して、もっと上を目指そうよ」

といった、漠然とした言い方に終始しがちだった。
「もっと上」が何なのか、具体的な目標を、生徒たちに示すことができなかったのだ。
だが今、裕子《ゆうこ》には明確なゴールがあった。

この子たちを、全米制覇できるようなチームに育て上げる

教育者として、生徒たちにルールや規律を守らせる、という方針は、相変わらず裕子《ゆうこ》の中にあるものの、それは今やゴールではなく、生徒たちに、より大きな夢をかなえさせるための手段のひとつにすぎなくなった。

「あなたたちも、努力すれば、ここまで行ける」
「こんなに素敵な女の子になれる」
「こんなふうになれたら、嬉しいと思わない？　すごいと思わない？」

福商に来てからの裕子《ゆうこ》は、生徒たちに、くりかえし大きな夢を――ビジョンを語るようになっていた。

ゴール地点の映像をくりかえし見せる

裕子《ゆうこ》は、ビジョンを言葉で語るだけではなかった。

ＩＭＰＩＳＨ《インピッシュ》が全米制覇するまでの『アンビリバボー』を録画したビデオも、部員たちがすべての場面を覚えてしまうほど、ちょくちょく見せていたという。

五十嵐「普通の女子高生がアメリカに行って、夢をかなえてしまいました。というサクセスストーリーが、二十分くらいに凝縮されて描かれているんです。

実際にあった出来事ですから、現地の本物の映像や、実在の人物も登場する。千代《ちよ》先生や、伊藤早苗《いとうさなえ》先生も映っている。生徒たちの元気がなくなったり、チームの雰囲気が悪くなったな、と感じたりしたときは、

『練習やめて、こっちを見よう！』と。

『みんなは、こうなるんでしょう？』と言って、みんなで見るのがルーティンになっていました」

未来に待ち受ける輝かしい夢。

その夢をくりかえし、脳内で再生できるくらい見せ続けたことは、後に、ＪＥＴＳ《ジェッツ》のメンバーたちを、思わぬ形で救うことになる——。

二年生の反乱

だが、あまりにも急激な変革は、えてして激しい反発を呼ぶ。

表面上は、裕子《ゆうこ》の期待どおりに育ってきているように見えていた二年生。だが、水面下では、裕子《ゆうこ》に対する反感が、日に日に大きくなっていた。

彼女たちにしてみれば、別に、チアダンスをやりたかったわけでも、アメリカの大会に出たかったわけでもない。部活も、高校生活も、適度にエンジョイできればいい。甲子園や春高バレーについていければ大満足。そのくらいの気持ちでいたところに——。

裕子《ゆうこ》が、いきなり、強豪運動部なみの厳しいルールと、山のような練習を持ち込んできたのだ。

ゆるい空気を楽しんでいた部員たちにしてみれば、裕子《ゆうこ》の打ち立てた新体制は、迷惑以外の何ものでもなかった。

——五十嵐《いがらし》先生が来るまでは、自分たちで好きなようにやっていたのに——

二〇〇六年六月。

裕子《ゆうこ》がＪＥＴＳ《ジェッツ》新体制を宣言して二ヶ月。

ついに、裕子《ゆうこ》と彼女たちの溝が、決定的になる事件が起きた。

練習のときは、全員、前髪を必ず上げて、オールバックにしてくること。

裕子《ゆうこ》が決めた新方針の一つである。

前髪の一ミリ・二ミリの違いでさえ気になる年頃の生徒たちにとって、これは最も不評を買ったルールだった。

サトミ「(オールバックは)イヤでしたね。練習中は、しょうがないから上げてましたけど、終わったらすぐに下ろしていました。練習中も、端っこのほうだけ(前髪を)残して、ちょっと抵抗してみたり」

そんなわけで、校則を守ることを前提に入ってきた一年生たちは、文句を言いつつも、しぶしぶ裕子《ゆうこ》の言いつけに従っていたが、二年生の大半は、いつまでたっても裕子《ゆうこ》の言うことをきかない。

そんな彼女たちに、あるとき、ついに裕子《ゆうこ》がキレた。

「オールバックができない人はやめてもらう！　明日、ユニフォームを返しなさい！」

そう、怒鳴《どな》りつけたのだ。


翌日――。

裕子《ゆうこ》の机の上には、返却されたユニフォームが、次々と積み上げられていった。

二年生が、全員、退部したのである。

後にわかったところでは、二年生の中にも、裕子《ゆうこ》と一緒にチアダンスを続けたいという子はいたらしい。

だが、この年頃の子たちにとって、「自分だけ残る」という選択をすることは難しかった。

クラスや仲良しグループの中で、自分だけ浮くような真似《まね》はできない。

かつて、前任校のバレーボール部で、

「やる気のある子だけ、月曜日に出て来なさい！」

と生徒を叱りつけ、結局、誰も出て来なかったときの記憶がよみがえる。

あのときと、まったく同じだった。

何ひとつ変わっていなかった。

裕子《ゆうこ》は、泣きながら車を運転して帰宅した。


五十嵐「あの時は、どうやっても生徒たちの心を動かすことができませんでした。結局、私は生徒たちに負けたのです。

理由を考え始めると、

『やっぱり私がダメなんだ』と。

『私が未熟だからダメなんだ』と。

（心の）刃《やいば》が全部自分のほうに向くわけです」


このころの裕子《ゆうこ》は、孤立無援だった。

チアダンスのことなど、同僚も友人も誰も知らない。誰かに相談してみても、返ってくるのは、

「何をそんなにがんばっているの？」

「甲子園の応援に行く部活なら、それだけをやっていればいいじゃない」

といった言葉ばかり。

五十嵐「誰からも求められていないわけです。誰も望んでいないことをやろうとしていた。
私が勝手に妄想して、勝手にアメリカに行くと言っているだけですから」

その夜。

裕子《ゆうこ》は、たまたま前任校の同窓会によばれていた。

重い気持ちを抱えたまま、会場の居酒屋に向かう。

そこには、意外な人物が待っていた。

高須《たかす》マミ。

在学中、裕子《ゆうこ》と、最も衝突した生徒である。

自転車窃盗《せっとう》事件の翌日から学校に来なくなり、それきり退学してしまったマミは、今では市内でブティックの店員をしている、と明るい顔で報告してきた。

「で、先生のほうはどうなの？　相変わらずビシバシやってるの？」

にやにやしながら聞いてくるマミに、裕子《ゆうこ》は思わず、ため息まじりに愚痴《ぐち》っていた。

「いやあ。ちょうど今日、こんなことがあって……」

二年生の部員が全員やめてしまった話をすると、マミは「ふうん」と言ったあと、ふと真面目な顔になって言った。

「しょうがないよ。先生の良さは、卒業してからじゃないとわからないんだから」

生徒でいるうちはわからなくても、後になってわかることは必ずある。

かつて、自分ががむしゃらにやってきたことが、たった今、目の前で実を結んだ。

在学中、最も手を焼いた教え子の言葉に、裕子《ゆうこ》は救われた思いだった。

会議室で

二年生の一斉退部は、その後、大きな波紋を呼んだ。

退部した生徒の保護者たちから、学校にクレームが来たのである。

「先生のやり方は強引すぎる」

「ついていけません」

「うちの子は、野球の応援がしたくてバトン部に入っただけで、チアの大会とか、アメリカとかに行きたいわけじゃありませんから」

はじめのうち、個別に出されていたこのようなクレームは、やがて、退部した生徒たちの保護者全員が集まって、

「×月×日に、保護者会を開いて話し合いましょう」

と、学校側に申し入れる事態にまで発展した。

場所は、学内にある大会議室。

当日集まった保護者の数は、全部で十八人にのぼった。

対する学校側の人間は、裕子《ゆうこ》一人である。

だが、裕子《ゆうこ》はすでに覚悟を決めていた。

(絶対ブレない。折れない)

そのために、どうやって戦えばいい？

そう考えることで、恐怖よりも闘志が湧いてくる裕子《ゆうこ》だった。

一般的に、生徒や保護者から名指しでクレームが入った場合、ケースにもよるが、ほとんどの教師は、どこか妥当な「落としどころ」を探す。そしてその「落としどころ」とは、おおむね「生徒の意向を重視する」「保護者の意向にそった形にする」といった譲歩の形になりやすい。

だが、このときの裕子《ゆうこ》は、生徒の意向も保護者の意向も受け入れず、徹頭徹尾、みずからの主張を押し通した。

その主張とは、どのようなものだったのだろうか。

五十嵐「親御さんも私も、子どもを一人前に育てたい・教育したいという思いは一緒だと思うんですね。では、親御さんはどのようなお子さんに育てたいのか聞いてみると、

『普通でいいんです』

と、あるお母さんがおっしゃる。でも、私にしてみれば、生徒さんが普通ではないから、厳しく指導していいます！　と主張しましたね」

話し合いが進むにつれ、次第に、保護者たちのイメージする「普通」と、裕子《ゆうこ》の考える「普通」の違いが浮き彫りになってきた。

五十嵐「女子高校生として、スクールライフをエンジョイする。あるいは、部活を楽しむ、というのが、親御さんたちの考える『普通』だったのではないかと思います。ですが、私の『普通』は、高校生らしくルールを守り、校則を守って、人に迷惑をかけずに過ごすことでした」

部活動についても、裕子《ゆうこ》の考えは、

「部活できちんと練習すれば、必ず上手くなったり、何かしらの成果が出たりする。それを何もしないでいるのは時間の無駄《むだ》だ。もったいない」

というものだった。

「特に成果が出なくても、放課後、仲のいい友達と楽しく活動できればいい。それがこの子たちの青春なのだから」

という保護者側の考えとは、真っ向から対立する内容である。

裕子《ゆうこ》は結局、最後まで自分の意見を変えず、保護者会は完全なものわかれに終わった。おさまらないのは、保護者たちである。しまいには教育委員会まで行って、何とか裕子《ゆうこ》を顧問から外そうと陳情する事態にまで発展したが、校長先生・教頭先生が何度も教育委員会に足を運び、事情説明をしたおかげで、この件は何とか収束した。

そんなことが起きている間も、新一年生のメンバーたちは、毎日、こつこつと練習にはげんでいる。

五十嵐「私がやろうとしていることは、ほとんど理解されませんでした。でも条件を考えたら、こんなにいい学校は他にありません。チアダンスは福井ではまだ誰もやっていないし、福商は女子生徒の割合が多い。学力も高い。ここでやらなかったら、きっと他ではできない。それより何より、これは福商にとっても、福井にとっても、絶対にいいことだ。どんなことがあっても、やりとげなければ！　という思いがありました。誰だって、格好いいチアリーダーに応援されれば嬉しいし、福井の人たちにもチアの文化を広められる。子どもたちが『あんなふうになりたい！』と心から憧れるような、そんなチームを作りたい！
そういうチアダンスへのほれ込み方があったんです」

夜明け前が、最も暗い。

これは英語のことわざだが、このころが、福商に赴任《ふにん》してきた裕子《ゆうこ》の、いわばどん底の時期だったといえるだろう。
だが、長年にわたる裕子《ゆうこ》の苦難も、ついに報われるときが近づいていた。

第4章

変化のきざし

厚木高校ダンスドリル部 IMPISH のまねをしてブンが作成したプリント。（2006 年）

初代ＪＥＴＳのメンバーたち

二年生は、全員退部。三年生も引退したため、ＪＥＴＳ《ジェッツ》には、一年生しかいなくなってしまった。

後に**初代ＪＥＴＳ**《ジェッツ》と呼ばれることになる、このときの一年生たちは、どのような顔ぶれだったのだろうか。ここであらためて紹介したい。

二〇〇六年六月。

先輩たちがひとりもいなくなってしまったため、裕子《ゆうこ》は、急きょ、一年生の間で投票して役員を決めることにした。

そこで部長に選ばれたのが、「**ブン**」こと**文倉綵香**《ふみくらあやか》である。

ＪＥＴＳ《ジェッツ》に入る前から新体操をやっており、中学時代は新体操部の部長をしていた。その新体操部の顧問の先生と、裕子《ゆうこ》はたまたま面識があった。

裕子《ゆうこ》に負けずおとらず、厳しいことで有名な先生だった。

（あの先生のもとでやってきたのなら、部長をさせても大丈夫だろう）

裕子《ゆうこ》が見込んだとおり、ブンはとても細《こま》やかで、気配りのできる生徒だった。

「明日、これとこれをやるから」

と裕子《ゆうこ》が言えば、

「はい」

と言って、すぐに準備を整えてくれる。

おかげで、部活の細々《こまごま》した用が、驚くほどスムーズに回るようになった。

五十嵐「ブンは、本当に気持ちのまっすぐな子でした。それまで、反抗的な子ばかり見てきましたから、『はい』と言われるだけで感動しました」

ブンはまた、他の部員たちの細《こま》かな変化にも、すぐに気がつくタイプだった。

自分の弱みや悩みはほとんど表に出さず、常にまわりのメンバーたちを思いやって行動する。そんなところが、他の部員たちから部長に推薦されたゆえんかもしれない。

その後、ブンは、三年生の十二月までJETS《ジェッツ》の部長をつとめ、裕子《ゆうこ》と他の部員たちの間をつなぐ重要なパイプ役として活躍することになる。

一年生同士の投票で、副部長に選ばれた**「アリサ」**こと**山田亜梨紗《やまだありさ》**。

気配りと面倒見の良さが特徴のブンとは対照的に、常に一歩引いて物事を観察する物静かな生徒だった。

真面目で真剣、仲間や後輩が練習中に騒いでいると、

「静かにして」

「真面目にやって」

と注意するのは、たいていアリサの役回りだったという。

五十嵐「もしもブンがいなかったら、アリサが部長になっても全然おかしくなかったと思います。同期のメンバーにも、後輩に対しても、いつも真剣に怒ってくれる子でした。面倒見のいいお姉さん、という感じでしたね」

他人が注意されているのを見て、すかさず自分の行動も直せるような頭のいい生徒だった。そのため、在学中、裕子《ゆうこ》に注意されたり、叱られたりしたことはほとんどなかったという。

三田村真帆《みたむらまほ》（マホ）。

幼いころからクラシックバレエを習っており、技術の高さとダンスにかける情熱はピカ一だった。自宅から学校まで、バスで片道約二時間という遠距離を、三年間かよい通した強者《つわもの》である。

ただ、そのせいで、下校時刻は他のメンバーより早くならざるをえず、部内で何か事件が起きても、居合わせないことが多かったという。

五十嵐「マホは、職人的というのでしょうか。踊りに対して、ものすごくストイックなところがありました。どうすれば千代《ちよ》先生のダンスに近づけるか、とか、自分ひとりの頭で考えることができる。完全に、内発的な動機づけができている子でしたね。ですから、彼女の日誌の内容は毎回すばらしく、よくコピーしてはみんなに配っていました。当時から、私と同じ目線で物事を考えられる子でしたね。相当な負けず嫌いでもありましたから、弱音を吐いている姿はほとんど見たことがなかったです」

二〇一六年現在、日本チアダンス協会《JCDA》公認インストラクター。前田千代《まえだちよ》コーチの後任として、JETS《ジェッツ》の指導にあたっている。

中川怜美《なかがわさとみ》（サトミ）。

感情が表に出やすいタイプで、裕子《ゆうこ》やブンとしょっちゅう衝突していた。入部した当時の不満顔や、ギャルっぽい雰囲気とは裏腹に、踊りに対する情熱は人一倍強かったという。

五十嵐「まだ一年のころ、あるバトンの大会で[注8]、私が部員たちに『全員、金賞を獲《と》る』という目標を立てさせたことがありました。そのとき、まっさきに『朝練したい』と言い出したのがサトミでした。それで、朝練を始めた結果、部員の七割が金賞を獲《と》りました」

いい意味で要領のいいところがあり、踊りのセンスもあったため、ゼロからのスタートでありながら、センターなど、目立つ場所で踊ることが多かった。

チームきってのムードメーカー、**牧田萌《まきだめぐみ》（チン）**。

丸顔で愛嬌《あいきょう》があり、何をするにも笑顔で、全力で取り組む生徒だった。どんなときも、ぴりぴりした雰囲気をなごませてくれる癒《いや》しキャラだった、と、当時のメンバーは口をそろえる。

裕子《ゆうこ》は、そんなチンのパワーに、いち早く目をつけると、彼女を、チームの雰囲気を上げる**メンタル係**に任命する。

五十嵐「チンは、とにかく何でも全身で表現する子でした。ノリがいいというか、くいつきがいいというか。どんなことでも、『え、すごい。これやりたーい！』というのが口癖だったので、元気隊長とか、挨拶《あいさつ》隊長とか、そのように命名して、常に先陣をきってもらうことにしました」

以来三年間、チンは、チームを元気にするために、あの手この手で工夫をこらした。

その一つが「替え歌作り」だ。

いつからか、ＪＥＴＳ《ジェッツ》のメンバーたちは、毎日の練習前や、大会に出場する前に円陣を作り、みんなでチンが作った替え歌を歌って、元気をチャージするようになったという。

そんなチンの全力投球ぶりは、勉強にもおよぶ。

「学業にも手を抜かないように。クラスで三位以内をキープすること」

という裕子《ゆうこ》の言いつけを守り、通知表の評定はオール五、学年末のクラス順位は一位を三年間守り通した。

やる気はある。素直さもある。だが、それだけでは勝てない

裕子《ゆうこ》のもとに、奇跡的ともいえるほど優秀な生徒たちがそろった。
このときの一年生部員数、総勢十八名。
どの子にも、やる気はある。裕子《ゆうこ》のいうことを素直に聞く耳も持ち合わせている。
だが、それだけで大会に勝つことはできない。

この子たちを、全米制覇できるようなチームに育て上げるために、自分は今、何をするべきか？

裕子《ゆうこ》は、ダンスだけでなく、野球・サッカー・陸上など、全国トップレベルの指導者や会社の経営者たちが書いた本を読みあさった。
そのうちの一冊、**『成功の教科書』**（原田隆史《はらだたかし》／小学館）の中に、次のような一節があった。

現状を打破する方法には3つあります。1つ目が「たくさんやる」。2つ目が「工夫す

る」。３つ目が「真似る」ことです。しかし、勉強との両立をしなければならない中学校の陸上部では、「たくさんやる」には限界があります。また、「工夫する」ことは、生徒の工夫できる能力の違いによって結果が左右されてしまいます。どちらも成功にリーチする確率が低いわけです。

しかし、「真似る」ことは簡単です。

――「成功の教科書」より抜粋

優秀なチームを見る・真似る

著者の原田隆史《はらだたかし》氏は、自身も公立中学の教諭として陸上部の顧問をつとめ、在職中、陸上競技で十三回もの日本一を達成した人物である。

裕子《ゆうこ》は、積極的に、生徒たちを強豪校へと連れ出し始めた。

福井県立《ふくいけんりつ》福井農林《ふくいのうりん》高等学校・郷土芸能部。

当時からバトンの強かった、石川《いしかわ》県金沢《かなざわ》市にある遊学館《ゆうがくかん》高等学校のバトントワリング部。

そして、神奈川県立厚木高等学校《かながわけんりつあつぎ》のダンスドリル部、ＩＭＰＩＳＨ《インピッシュ》。高校だけでなく、劇団四季の「コーラスライン」も、生徒たちを連れて見に行った。

このように、優れたチームを見せ、時には一緒に練習させることは、ＪＥＴＳ《ジェッツ》のメンバーたちに、裕子《ゆうこ》自身も驚くほど劇的な変化をもたらした。

裕子《ゆうこ》が生徒たちを最初に連れて行ったのは、福井農林《ふくいのうりん》高校だった。ここの郷土芸能部の練習を見学させたのだ。

五十嵐「チアダンスと関係のない郷土芸能部に（生徒たちを）連れて行った理由は、当時のＪＥＴＳ《ジェッツ》の子たちが、本気でやる、本気の練習というのがどんなものなのか、まったくわかっていなかったからです。本気で何かに打ち込む姿というのがいったいどんなものなのか、それを見せたくて連れて行きました」

福井農林《ふくいのうりん》高校・郷土芸能部は、日本の民謡や創作和太鼓を中心に手がける部活である。顧問の岡田玉緒《おかだたまお》先生は、裕子《ゆうこ》の大学時代の同期生でもあった。

一九九九年に同好会として発足、部活に昇格したのは二〇〇二年と、当時はまだ歴史の浅かったチームながら、翌二〇〇三年には、早くも全国高等学校総合文化祭で優秀賞を受賞している。

そんな実力派の部活はすさまじく、和太鼓を打つときは一打入魂、時には部員が酸欠で倒れることもあったという。

決して小手先ではない、全身全霊をかけて練習する姿は、JETS《ジェッツ》のメンバーたちに、明らかに衝撃をもたらした。

五十嵐「よかったのは、初代JETS《ジェッツ》の子たちが、非常に素直だったことです。（郷土芸能部の練習を見て）みんなの口から、『すごい』という言葉が素直に出てくる」

やはり、優れたチームを間近に見せることには意味があるのだ。

裕子《ゆうこ》は、確かな手ごたえを感じた。

だが、和太鼓とチアダンスでは、内容があまりに違いすぎる。

これだけでは、部活の直接の参考にはできなかった。

「夢をかなえた人」にフォーカスする

ちょうどそのころ、福井に劇団四季の「コーラスライン」がやってきた。
裕子《ゆうこ》は、この舞台も、生徒たちを連れて見に行った。

五十嵐「福井農林高校《ふくいのうりん》にしても、この後に出てくる遊学館《ゆうがくかん》高校にしても、まだ高校生で、いわば素人《しろうと》ですよね。でも、世の中には劇団四季のような、プロたちの世界があるということ、夢をかなえた人たちは、こんな舞台で踊っているのだということを、生徒たちに知ってほしいと思いました」

たまたま、裕子《ゆうこ》の家の近所には、劇団四季のダンサー（当時）、柴田桃子《しばたももこ》さんの実家があり、家族ぐるみの付き合いがあったため、裕子《ゆうこ》は柴田《しばた》さんに頼んで、何度かＪＥＴＳ《ジェッツ》でレッスンをしてもらった。

また、福井出身で、宝塚音楽学校に受かった子がいると聞けば、その子（月組トップ娘役・愛希《まなき》れいかさん　二〇一六年現在）も生徒たちに引き合わせた。

夢を実現した人を間近に見る、その人の話を直接聞く、というのは、十代の生徒たちにとって、大きな刺激になると考えたからだ。

何より、この二人は、どちらも福井の出身だった。

「福井から、劇団四季に入った人がいる」

「福井から、宝塚に受かった人がいる」

そうくりかえすことで、生徒たちに、夢をかなえた人たちを、より身近に感じさせようとした。

二〇〇六年、トリノオリンピックで荒川静香《あらかわしずか》選手が金メダルを獲《と》ったときも、二〇〇七年、ミス・ユニバース世界大会で森理世《もりりよ》さんが優勝したときも、すかさずそのことを話題にした。

「同じ日本人で、こんなにすごいことをした人たちがいる」

「みんなも日本人だけど、きっとアメリカで優勝できる」

裕子《ゆうこ》は、くりかえし、生徒たちに言い続けた。

五十嵐「たとえば、『ねえ、今はあなたたち、こんなふうだけど、アメリカで優勝できたら、どれだけ面白いと思う？　ワクワクしない？』と私が言うと、みんなの顔がパッと輝いて、目の色が変わる。そういう言葉がけを、できるかぎりたくさんするように心がけていました」


ターンやキックの練習で、なかなかうまくできない部員に、

「今は満足に足が上がっていないけど、あなた、ここまで上がったら、どれだけ気持ちがいいと思う？」

そんな裕子《ゆうこ》の言葉に、生徒の顔がふっと明るくなる。

「できた自分」をイメージした子は、やがて、本当にできるようになるから不思議だ。

そうした「完成形」をイメージさせるためにも、裕子《ゆうこ》はメンバーたちに、一流の作品、一流の選手たちを、浴びせるように見せていった。

「遊学館ごっこ」をしよう

「コーラスライン」を見た翌月。

裕子《ゆうこ》は、今度は生徒たちを、石川《いしかわ》県の金沢《かなざわ》市にある遊学館《ゆうがくかん》高校・バトントワリング部に連れて行った。

強豪といわれるチームはどんなふうに練習しているのか？　それが知りたかったからである。

『アンビリバボー』のビデオを見せることも、他校を見学させることも、生徒たちに高い目標を持たせるための、裕子《ゆうこ》なりの工夫だった。

この遊学館《ゆうがくかん》高校で、裕子《ゆうこ》とJETS《ジェッツ》のメンバーたちは、どちらも多くの学びを得ることになる。

遊学館《ゆうがくかん》高校・バトントワリング部は、裕子《ゆうこ》たちがここを訪れた二〇〇六年当時から、現在（二〇一六年）にいたるまで、数々の全国大会で上位の成績をおさめてきた、バトンの名門校である。

五十嵐「遊学館《ゆうがくかん》さんのすばらしかったところは、とにかくたくさんあるんですが、まずひとつは**練習リーダー**の仕組みでした。練習リーダーと呼ばれる生徒が、ひとりで練習を進めていくのですが、その子が部長なんですか？　と聞いたら、練習リーダーは部長ではなく、当番制で毎日回していると。

ふつうは、部長が前に出て指示をするとか、専門のリーダーを決めて仕切るとかするものだと思っていたのですが、ここでは一年生から全員がリーダーをする、というんですね。

これには、本当に驚きました」

部長でなくても、三年生でなくても、下級生でも練習リーダーはできる。

それを目の当たりにしたことは、後のＪＥＴＳ《ジェッツ》に大きな影響をおよぼした。

五十嵐「ふたつめは、挨拶《あいさつ》です。これにも感動しました。たとえば『ありがとうございます』ですが、これが、ただのありがとうございます、ではないんですね。ミュージカルに出てくる人たちの『ありがとうございます』みたいな感じでした。バトンは演技であり、表現なので、運動部のような『ありがとうございます！』ではなく、ちゃんと相手の顔を見て、『ありがとうございます』と言ってお辞儀《じぎ》をする。そういう考え方は、私たちにはまったくなかったものでした」

もうひとつ、裕子《ゆうこ》が、そして生徒たちが最大の衝撃を受けたのが、遊学館《ゆうがくかん》の**ホスピタリティの精神**だった。

五十嵐「そのころの私たちは、まだおそろいのユニフォームも着ていない、本当に無名の高校でした。一方の遊学館《ゆうがくかん》さんはといえば、当時は全国大会ナンバー2の、いわば名門校ですよね。それなのに、私たちみたいな無名の高校が見学にうかがっても、最初から最後まで大事にもてなしてくださる」

たとえば、裕子《ゆうこ》たちが遊学館《ゆうがくかん》の前でバスを降りると、そこにはすでに誰かが待機しており、部活をしている場所まで案内してくれる。練習場所では、部員全員が、裕子《ゆうこ》と生徒たちが到着するまで、練習もせずに並んで待っていてくれる。そうして、裕子《ゆうこ》だけでなく、見学に訪れた生徒たち一人ひとりの目を見て「こんにちは」と挨拶《あいさつ》してくれたという。

五十嵐「このおもてなしの仕方といいますか、相手を大切にする気持ちが、遊学館《ゆうがくかん》の生徒さんたちには備わっているんだ、こんな女子高生がいるんだ、ということが衝撃でした。一緒に見学に行った子たちも、自分が大事にされている、もてなされているということがわかりますから、気持ちがいいわけです。そうなると、もう完全にファンですよね。本当に、百聞は一見にしかずでした」

裕子《ゆうこ》が驚き、また何より嬉しく思ったことに、遊学館《ゆうがくかん》に行った翌日から、一年生の部員たちが、早速、遊学館《ゆうがくかん》の良いところを真似《まね》し始めた。

「みんなで『遊学館《ゆうがくかん》ごっこ』をしよう」

と、誰かが言い出したのが始まりだったという。

いいところはどんどん真似《まね》しよう。取り入れていこう。

そういう空気が、一年生の間に広まっていったのだ。

五十嵐「そういう（いいところをすぐ吸収できるような）素地のある子たちがいたことは、本当によかったと思います。ふつうは、『あの子たちはすごいけど、私には無理』という考えになることのほうが多い。でも、あの子たちはそうはならなかった。チンやサトミなど、ノリが良くて真似《まね》をするのが上手な子がいたことも、いい方向に働いたのだと思います」

コーチはプロでなければならない

優れたチームを見ることで、影響を受けたのは生徒たちだけではなかった。

裕子《ゆうこ》もまた、これらのチームを見て、あらためて痛感したことがあった。

福井農林《ふくいのうりん》高校も、遊学館《ゆうがくかん》高校も、和太鼓の、あるいはバトンの指導には、専門の優秀なコーチがついていた。

チアダンスをしている他の高校でも、プロに振付をしてもらうのは、今や当たり前になっている。

だが、裕子《ゆうこ》はといえば、体育の教師ではあっても、チアダンスについては、まったくの素人《しろうと》だ。

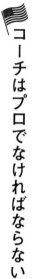

そんな自分の振付では、アメリカに行くことなど到底できない。
何とかして、福商にも良いコーチを呼ばなければ。
そして、その「良いコーチ」を誰にするかは、裕子《ゆうこ》の中ではすでに決まっていた。

前田千代《まえだちよ》コーチ。

日本チアダンス協会《JCDA》代表理事にして、厚木《あつぎ》高校のＩＭＰＩＳＨ《インピッシュ》を全米優勝に導いたあの人なら、きっとＪＥＴＳ《ジェッツ》をアメリカに連れて行ってくれる。

福井に呼ぶなら、あの人しかいない！

そう決心した裕子《ゆうこ》は、大胆な賭けに出た。
千代《ちよ》コーチ宛てに、福井に来てＪＥＴＳ《ジェッツ》を指導してほしい、と思いのたけを綴《つづ》った手紙を出したのだ。
以下は、このとき裕子《ゆうこ》が千代《ちよ》コーチに送った手紙の全文である。

拝啓　本日は、突然のお手紙を差し上げる失礼をお許し下さい。

千代《ちよ》先生、私は「福井商業《ふくいしょうぎょう》高校チアリーダー部」顧問の五十嵐裕子《いがらしゆうこ》と申します。二年前の関西チアダンス講習会や、インストラクター養成コースでお世話になった者です。

その節はどうもありがとうございました。それ以降は直接お目にかかることはありませんでしたが、私の方では「ACUVUE　CUP」[注9]や「USA」[注10]で審査員をされているお姿や、テレビ「アンビリバボー」やその後の厚木《あつぎ》高校やチアダンスの特集番組、最近では「ダンドリ」[注11]など先生のご活躍を拝見させていただいているファンのひとりです。


今日は、大変無謀なお願いのお手紙です。

私が顧問をする「福井商業《ふくいしょうぎょう》高校チアリーダー部」の振付及びチアダンス指導をぜひとも千代《ちよ》先生にお願いしたいのです。

日本一多忙を極められる先生にこんなお願いは、正直私もドキドキしてしまうのですが、生徒のためです。どうか事情をお察し下さい。

私も今年で顧問三年目、福井県一のチアダンスチームを作ろうとコツコツ努力してきたわけですが、今年ようやくやっとそのチャンスに恵まれたのです。

それは今年の一年生十八人が今までの部員の性質と全く異なり素晴らしいということです。ダンスが本当に好きでモティベーションが高い。ダンス経験者が多い。何よりも素直な生徒ばかりであるということ。昨年のACUVUE CUPのDVDを見せたところ、自分たちも出場して、できれば入賞を目指したいとのこと。福井からでも、三月のUSAの大会や六月のミスダンスドリルコンテストにも出場したいとのこと。彼女らの夢は無限に広がっています。

上級生達と違うことの原因は、大会を目指したいという志のある生徒を見極め入部させたということ。素直で明るい生徒が多いため指導が入りやすいということ。前向きで向上心が強い生徒が多いため、辛い練習でも楽しみながらできるということ。

六月には福井県バトントワリングコンテスト（入門の部）に出場し十八人中十三人が金賞、一人は最優秀賞をとることができました。自主的に練習する風景が当たり前となり、その結果が出たものと思われます。

私の教員生活十五年間の中でも、最も一緒に過ごすことが楽しくハッピーになれる一年生十八人です。この生徒達の可能性を精一杯伸ばしたい、生徒の今のやる気を結果につなげたいという強い思いが自然と湧いてくるのです。生徒に駆り立てられるのです。しかし、残念ながら私には振付する能力がありません。そこで、二年前からの私の夢であった「いつか千代《ちよ》先生に振付してもらう!」というのが「今」ではないかと思いこの手紙を書く決意をしたのです。

福井にはチアダンスの指導者が見あたりません。昨年のACUVUE CUPでは「チアリーディング」出身の先生に振付していただき「トライアル部門」に出場したわけですが、その先生も産休で今年は指導が不可能。それならこの機会に本当のチアダンスを生徒に学ばせ、福井県一のチアダンスチームとして活躍させたい。そして、身も心も美しいチアリーダーになって自信をつけてほしい、と思うのです。

大変急で、先生には失礼なお願いだとは思いますが、ぜひ前向きに考えてくださると幸いです。

「ダンドリ」毎週生徒たちと見させていただきます。

暑さ厳しい折、ご自愛くださいませ。

かしこ

※文中すべて原文ママ

この手紙に、一年の子たちの練習風景を録画したビデオを同封した。

新体操やバレエ、よさこいなどの経験がある子はソロで踊り、初心者は全員で同じ振付のダンスを踊った。

ビデオの最後は、メンバー全員で、

「千代《ちよ》先生、私たちにチアダンスを教えてくださーい！」

と呼びかけるメッセージでしめくくった。

ビデオレターが来た日のことを、千代《ちよ》コーチは、後に、次のように振り返る。

千代コーチ「最初は、当然、何が届いたのかわからなくて、

『何だろう。こんなの来たよ』

って、(日本チアダンス)協会のオフィスで、スタッフと一緒に見たんです」

当時の千代《ちよ》コーチは、他に大きなプロジェクトを抱えていた。また、東京《とうきょう》に住んでいる千代《ちよ》コーチが福井に来るには、片道五時間の距離をかよわなければならない。

そのため、最初のうちは、別の人に代理で行ってもらおうと考えていたという。

ところが、いざ知り合いに声をかけてみると、誰も都合がつかなかった。

千代コーチ「初めてビデオを見たときから、手伝ってあげたいという気持ちはありましたから、じゃあもう、これは私が自分で行くしかない、と」

こうして、JETS《ジェッツ》は幸運にも、あの千代《ちよ》コーチから直々にレッスンを受けられることになったのだ。

つてがなければ自分で作る。成功者の話を聞く

遊学館《ゆうがくかん》の見学といい、千代《ちよ》コーチがレッスンを引き受けてくれたことといい、JETS《ジェッツ》の全米制覇までの道のりをたどっていくと、不思議なくらい、要所要所でキーになる出来事や人物に巡り合っているように見える。

だが、これは決して、まぐれや幸運ではなかった。

遊学館《ゆうがくかん》にしろ、千代《ちよ》コーチにしろ、裕子《ゆうこ》には最初からつてがあったわけではない。つてがなくても、コネがなくても、臆せず自分から「見学させてください」「指導してください」と頼む、その裕子《ゆうこ》の行動力が、多くの幸運な出会いを引き寄せたのだ。

五十嵐「これは私の武器でもあるんですが、どんなところでも、ずうずうしく行ってしまうんです。それと、成功した人から根掘り葉掘り話を聞き出す。それは昔から好きでしたね」

遊学館《ゆうがくかん》高校では、顧問の松田淳《まつだあつし》先生から話を聞いた。

今でこそ、押しも押されもしないバトンの強豪校だが、最初から強かったわけではない。

松田《まつだ》先生が、どうしてもバトン部を強くしたいと考え、コーチを探していたところ、PL学園でバトントワリングをしていた島田久仁子《しまだくにこ》氏を見つける。

その島田《しまだ》氏をコーチに迎え入れてから、みるみる強くなったのだという。

(遊学館《ゆうがくかん》にも、サクセスストーリーがあった)

(最初からうまくいっているチームなんかないんだ)

そのことは、裕子《ゆうこ》を大いに勇気づけた。

福商の先輩たち

成功者の話を聞く、という点では、福商は、裕子《ゆうこ》にとって、またとなく良い環境だったといえる。

五十嵐「とにかく、まわりじゅうに、大先輩が大勢いらっしゃいましたから。強いチームを作るためのノウハウを、その方たちに聞いていました」

当時、裕子《ゆうこ》がアドバイスをもらいに行ったという先輩たちは、どのような顔ぶれだったのだろう。

女子バスケ部顧問・中池《なかいけ》由岐夫《ゆきお》先生。

裕子《ゆうこ》いわく「理想の上司」だった。

福商のバスケ部は、今でこそインターハイやウィンターカップに出場する強豪チームだが、中池《なかいけ》先生が顧問になった当初は、部員がほとんどいなくなってしまったこともあったという。

二年生部員を全員失った裕子《ゆうこ》と、同じ経験があったわけだ。

「目標は一つに絞れ」

「(改革は)スモールステップで」

「大改革をしたかったら、荒療治《あらりょうじ》が必須」

など、貴重なアドバイスをいくつもくれた人物だった。

野球部のカリスマ・北野尚文《きたのなおふみ》先生。

春夏通算三十六回の甲子園出場を果たした、高校野球界では伝説の人物である。

校内で、初めて北野《きたの》先生を見かけた裕子《ゆうこ》は、

「テレビで見ていた人が廊下を歩いてる！」

と、いたく感動したそうだ。

五十嵐「今ではカリスマと言われている方なのに、

『いや、最初のうちは大変だったんだよ』

『試合ができないくらい、部員がいなくなってね』

なんていうのを聞かされると、

『ああ、みんな似たような経験をしてるんだ。私だけじゃないんだ』と。

この方には、とにかく、廊下で会うたびに質問しては、組織づくりのお話を伺《うかが》っていました」

特に印象に残った言葉は、

「（選手を伸ばすためには）指導者が自分を磨《みが》かなければならない」

「指導者が成長しなければならない」

「強い代（学年）は、生徒が自主的に練習メニューを決めたがる」

などだった。


女子卓球部顧問・瓜生勝己《うりゅうかつみ》先生。

福商ＯＢであり、後にＪＥＴＳ《ジェッツ》が初の全米優勝を果たしたとき、誰よりも喜んでくれた。

「勝ちに不思議の勝ちあり、負けに不思議の負けなし」

という言葉を教えてくれたのは、この先生だった。

瓜生《うりゅう》先生からは、ご自身が日本一になったときの感想を聞いた。

「（あのときは）楽しんでやろうと肩の力が抜けていた」

この先生のおかげで、裕子《ゆうこ》は、自分がまだ経験したことのない日本一というものを身近に感じられるようになった。自分も、いつか生徒たちを日本一にする。その目標が絵空事ではなく、現実味をおびてイメージできるようになったのだ。

女子バレーボール部顧問・熊野善明《くまのよしあき》先生。

この先生は、二年生の一斉退部事件のとき、部長をしていた子のクラス担任だった。

保護者や他の先生方から裕子《ゆうこ》に非難が集中する中、

「（五十嵐《いがらし》先生の方針は）いいんじゃない。やりたいだけやればいいんですよ」

と認めてくれた、数少ない味方の一人だった。

五十嵐「若いころの私は、とにかく何でも**自分流でやりたいという思いが強すぎた**のだと思います。『守《しゅ》・破《は》・離《り》』[注12]の『離』の部分を、いきなりやろうとしていた。でも、それでさんざん失敗しましたので、このころから、先人たちのうまくいったところをそのままやる、『守・破・離』の『守』をやる、ということを心がけるようになりました」

裕子《ゆうこ》もまた、**優れた人物を見る・真似《まね》る**、ということを心がけていたのだ。

そして、このころから、ＪＥＴＳ《ジェッツ》は、目に見えて進化し始める――。

第5章

ＪＥＴ噴射、スタート！

全日本チアダンス選手権大会前のレッスン後に
前田千代コーチと初代ＪＥＴＳの部員たちが記念に撮った写真。（2008 年）

二〇〇六年九月。

前田千代《まえだちよ》コーチが、初めて福商を訪れた。

当日は、JETS《ジェッツ》のメンバー全員が「東京《とうきょう》のコーチ」に大興奮だったという。

そのときの様子を、**文倉綵香《ふみくらあやか》（以下「ブン」）**は、次のように振り返る。


ブン　「(千代《ちよ》コーチは）初めての標準語の先生だったので、

『おお、かっこいい！』

というのが第一印象でした。五十嵐《いがらし》先生は、いつもは福井弁なので、

『ああ、標準語ってこうなんだー』って。

あと、ウェアがおしゃれで素敵でした」


その日、裕子《ゆうこ》は千代《ちよ》コーチのレッスンのために、外の体育館を借りていた。

何しろ「あの」千代《ちよ》コーチが、わざわざ東京《とうきょう》から来てくださるのだ。間違っても失礼なことはできない。

緊張のあまり、浮足だつ生徒たちに、「机を用意して！」とか、「スリッパを出して！」な

どと指示しながら、裕子《ゆうこ》も同じくらいどきどきしていた。

千代《ちよ》コーチは、厚木《あつぎ》高校のＩＭＰＩＳＨ《インピッシュ》をはじめ、数々のチームを大会で優勝させてきた実績をもつ。

その千代《ちよ》コーチが、ＪＥＴＳ《ジェッツ》にした指導とは、いったいどのようなものだったのだろうか。

オーディションで競い合う

千代コーチ「厚木《あつぎ》高校のＩＭＰＩＳＨ《インピッシュ》は、チアダンスチームとしての歴史が長く、部員同士で切磋琢磨《せっさたくま》できるような環境がすでに整っていました。でも、まだそれができていないチームは、もっとおたがい競い合って、成長していく必要があります。

初期のＪＥＴＳ《ジェッツ》は、部員も少なかったですし、学校教育の一環として、大会には全員が参加する、という方針がありました。

だからといって、部員たちが、

『別に何もしなくても、大会にはみんなで出られるからいいや』
なんていうことでは困るんですね」

そこで**オーディション**の登場となる。

千代コーチ「オーディションをするメリットは、おたがい切磋琢磨《せっさたくま》する気持ちが生まれることです。なので、**結果的に、全員合格してもかまわない**。落とすためのオーディションではなく、レベルチェックとして、みんながそこに向かってがんばるための目標として導入しました」

はたして、オーディション制度が導入されて以来、部員たちのやる気は目に見えてアップした。

当時、部員たちがつけていた**日誌**には、オーディションの日が近づくにつれ、緊張感を高め、練習に力を入れていく様子がつぶさに綴《つづ》られている。

毎年、JETS《ジェッツ》が出場する大会には、「全国高等学校ダンスドリル選手権大会」[注13]や「全日本チアダンス選手権」[注14]などがあった。それらに合わせて、千代《ちよ》コーチが組んだスケジュールは以下のとおりである。

四月　基礎練習、テクニック強化
五月　全国高等学校ダンスドリル選手権大会に向けて、ジャズ、ヒップホップ強化
六・七月　大会練習
八月　全日本チアダンス選手権大会オーディション、振り入れ
九・十・十一月　大会練習踊り込み
十二・一・二月　NDA全米チアダンス選手権大会練習　振付アレンジ
三月　基礎練習、NDA全米チアダンス選手権大会

初代JETS《ジェッツ》のメンバーたちが、千代《ちよ》コーチの指導を本格的に受け始めたのは九月の半ば過ぎ。本来ならば、夏休みまでに済ませておくはずの基礎練習、ジャズ、ヒップホップ

の強化は、この年、じゅうぶんにやりこむことはできなかった。
それでも、この年のJETS《ジェッツ》の戦績を見てみると、千代《ちよ》コーチが来た九月以降、積極的に大きな大会に出場し、それぞれ結果を出していることがわかる。

十一月　全日本チアダンス選手権大会　関西予選通過　本選十二位
二〇〇七年一月　USAリージョナルスコンペティション《大会》　名古屋大会二位
三月　USAナショナルズ初出場　ソングリーディング部門十二位

これらの大会の合間には、甲子園やサッカー、春高バレーの応援、外部のイベント出演のほか、文化部発表会や学校祭、中間テストに期末テストと、学内の行事もきちんとこなす。
これほど過密なスケジュールの中、部員たちは、いつ練習しているのだろうか。

五十嵐「平日は朝七時半から朝練、昼休みと放課後も、毎日練習しています。土日ももちろん練習します。福商では、強いチームはそれが普通でしたから」

やはり、一にも二にも練習量がものをいう、ということのようだ。
そんなＪＥＴＳ《ジェッツ》の日々の練習メニューは——。

ストレッチ、基礎

・ストレッチ、フロアや壁を使って押すものなど
・筋力トレーニング
・バレエエクササイズ
・リズムトレーニング
・体力作り（マラソン、縄跳びなど）

テクニック

・アームモーション
・ジャズステップ
・ターン系
・ジャンプ系

パフォーマンス練習

・振付の細かいところをそろえる
・テクニックパートを強化
・フォーメーションや移動を練習
・表情やニュアンスを研究
・踊り込み

このメニューは、裕子《ゆうこ》が目標とするＩＭＰＩＳＨ《インピッシュ》とまったく同じものだという。

ＩＭＰＩＳＨとの合同練習

二〇〇七年二月。
裕子《ゆうこ》は生徒たちを連れて、神奈川県立厚木《かながわけんりつあつぎ》高校に向かった。
裕子《ゆうこ》がチアダンスにハマるきっかけとなったチーム、ＩＭＰＩＳＨ《インピッシュ》。
そのＩＭＰＩＳＨ《インピッシュ》と、日帰りで合同練習をするためである。

この時点で、ＪＥＴＳ《ジェッツ》のメンバーたちは、千代《ちよ》コーチに渡された、ＩＭＰＩＳＨ《インピッシュ》と同じ練習メニューを、半年近くこなしていた。

はたして、ＪＥＴＳ《ジェッツ》は、少しでもＩＭＰＩＳＨ《インピッシュ》に近づくことができただろうか。

結論から言おう。

比べものにならなかった。

内容は同じでも、練習方法がまったく違ったのだ。

強豪チームの強さの秘密は、**「何をするか」ではなく「どのようにするか」**にあった。

五十嵐「頭のいい集団が、本気で練習に取り組むとこうなる、というお手本みたいな練習でした。とにかく効率がいいんです。無駄《むだ》がない」

たとえば、ある曲の振付を練習するとする。同じ曲をくりかえし、できるようになるまで踊るわけだが、IMPISH《インピッシュ》では、放っておいても同じ曲がエンドレスでかかるように、最初からデータがセットされていた。

巻き戻しの手間をはぶき、短時間で集中して練習するための工夫である。

部活にふんだんに時間を使うことができる福商と違い、厚木《あつぎ》高校は進学校である。受験のために、どうしても、部活に割く時間は限られる。

だから、短時間でいかに効率よく練習するか、ということに知恵を絞り、徹底しているのだった。

もうひとつ、裕子《ゆうこ》たちが驚愕《きょうがく》したのが、IMPISH《インピッシュ》が内部で作ったプリント類だった。

五十嵐「練習日程やお知らせなどは、ふつう、顧問の先生が作って渡します。ところが、厚木《あつぎ》高校は違いました。全部、生徒さんが作っているんです」

『×月×日は大会です。ここに合わせて、この部分を練習しましょう』

『今週は、この部分を強化します』

といったことが、カレンダー形式で書いてある。

あるいは、

『熱中症に注意しましょう』

『風邪をひかないようにしましょう』

といった、保健便りのようなものもある。

また、

『バーレッスンのときの注意点』

『アームモーションのテクニック』

のような、小ワザ集のプリントもあった。


すべて、生徒が自主的に考え、自分たちで作ったものだという。

ＩＭＰＩＳＨ《インピッシュ》が自律型のチームである、ということは、すでにテレビで見て知っていた。

母校・藤島《ふじしま》高等学校の学校祭を、生徒たちだけで運用したこともあった。

だが、ここまで徹底しているとは、実際に行ってその目で見るまで、裕子《ゆうこ》には、想像することもできなかった。

厚木《あつぎ》訪問の直後から、裕子《ゆうこ》とＪＥＴＳ《ジェッツ》のメンバーたちは、顧問の伊藤《いとう》先生にいただいたＩＭＰＩＳＨ《インピッシュ》のプリントを元に、早速、ＪＥＴＳ《ジェッツ》の改革に取り組んだ。

先日の「遊学館《ゆうがくかん》ごっこ」に続いて、今度は「ＩＭＰＩＳＨ《インピッシュ》ごっこ」がスタートしたのである。


わからないことや、問題につきあたったら、

「ＩＭＰＩＳＨ《インピッシュ》だったら、どうすると思う？」

「ＩＭＰＩＳＨ《インピッシュ》みたいにやってみよう！」

というのが、部員たちの合言葉になった。

ＩＭＰＩＳＨ《インピッシュ》は、また、裕子《ゆうこ》にとっても、貴重な人物との出会いをもたらした。

顧問の伊藤早苗《いとうさなえ》先生である。

メンターとの出会い

初めての出会いは、二〇〇五年八月。

まだＪＥＴＳ《ジェッツ》ができる前、バトン部の生徒たちを連れて、全日本チアダンス選手権大会

のトライアル部門に出場したときのことだった。

会場のトイレで偶然出会った伊藤《いとう》先生に、

「すみません、五十嵐《いがらし》と申します。アンビリバボー見ました。ファンです！」

と名刺を差し出してから、裕子《ゆうこ》と伊藤《いとう》先生の「師弟関係」はスタートしたという。

五十嵐「ＪＥＴＳ《ジェッツ》の顧問をしていると、私はちょくちょく壁にぶち当たるんですが、相談できる人がいないんですね。校内には同じ立場の人はいないし、運動部の顧問の先生方にお話を伺うといっても、チアダンスに特化した問題は、先輩方もご存知ない」

そこで、伊藤《いとう》先生の登場となる。

五十嵐「とにかく、行き詰まると伊藤《いとう》先生に電話をして、生徒のことやら何やら、部活の悩みを相談するんです。そうすると、伊藤《いとう》先生はいつも笑って、

『大丈夫よ、もうやるっきゃない！』

と言ってはげましてくださる。ものすごく包容力のある方です」

おたがい、チアダンスの大会に生徒を引率してきたときなど、

「あとは生徒がやるからいいの」

と笑って、自分はゆったりと裕子《ゆうこ》とのおしゃべりに花を咲かす。

そんな伊藤《いとう》先生の、相手をふわりと包み込んでくれるような温かさは、当時も今も、裕子《ゆうこ》の心のよりどころだ。

五十嵐「監督業といいますか、顧問の仕事は孤独だと思います。特に、目標や志が高ければ高いほど。

生徒たちと私は、同じ目標を持ってはいても、決して仲間や友達にはなれませんしね」

だが、伊藤《いとう》先生ならチアのことも知っているし、裕子《ゆうこ》よりもはるかに先をいく先輩である。

裕子《ゆうこ》にとって、伊藤《いとう》先生は、文字通り**メンター（師匠）**的な存在だった。

——もうじゅうぶんやっているわよ、五十嵐《いがらし》さん。大丈夫、結果は後からついてくるんですよ——

伊藤《いとう》先生に、そう認めてもらうたびに、裕子《ゆうこ》は、肩の力がふっと抜けるような、何ともいえない安心感をおぼえ、またがんばろう！　と思えるのだった。

第6章

せめぎあう日々

厚木高校ＩＭＰＩＳＨを超える

★厚木高校のすごいところ	★ＪＥＴＳに活かすには具体的にこうする！
〔見た目すごいところ〕 ・柔軟性、技術がすごい ・自分の動きに自信をもっている ・動きがそろいすぎて分身に見える ・足の幅、回転の速度がそろっている ・演技の終わりでも疲れがわからない ・アピールうまい ・ルルベのキープ力 ・ふくらはぎ筋肉 ・足あげの姿勢もくずれていない	・1人1人が努力する　・技術系の練習 ・1人1人自信をもつ ・イメージをもつ ・体力をつける ・表情をパァーっとする　・口をあけて練習 ・ルルベでキープできるようにする ・筋トレ
〔練習内容＆方法〕 ・直した方が良いところは遠慮せずに言う ・1回やるごとにアドバイス ・テンポがよくてムダな時間がない ・おどりのように流れて練習 ・ストレッチのメニューがきちんと決まっている ・ストレッチを丁寧に（限界までゆっくり伸ばす） ・クロスフロアから笑顔 ・顔が常に上がっている（あご上） ・ずっと姿勢がいい ・ひとつひとつの動きにかける時間が長い ・直されたら直るまでする ・音が合っている（ストレッチ） ・けじめがある ・シェネ、ピケの走る前に足を深くまげる ・少しの空き時間もストレッチや練習	・注意をもっとどんどんする　・気づいたらすぐに言う ・自分の意見をハキハキ言う・注意されたら返事 ・メニューをきちんと決める（担当を決めて） ・ゆっくりストレッチ　・2人組ストレッチ ・日頃から気をつける ・自信をもつ ・人の良い所、ダメな所を見て練習・教え合う ・いい音をさがす ・けじめをつける　・1人1人自立する
〔その他〕 ・カウントは日本語、キレよく ・返事はキレよく、大きく、トーン高く ・「頑張れ」と声をかけ励ます ・盛り上がっている ・手拍子 ・集合早い ・前でやる人がコーチのよう（指示が適確）	・発声練習 ・カウント、返事をもっと増やす ・励まし合う ・練習中にいっぱい声を出して活気づける ・練習中に大会のことを考えて楽しむ ・常に大会のことを考えて楽しむ ・「集合」のひと言ですばやくササッと

厚木高校ダンスドリル部IMPISHとの合同練習で得た教訓をJETSの練習に活かすために作られたプリント。（2006 年）

千代《ちよ》コーチの登場や、強豪校との合同練習で、一気にはずみがついたかに見えたJETS《ジェッツ》だが、内部では事件も起きていた。

JETSジャージ事件

初代部長をつとめたブンに、JETS《ジェッツ》在籍中に起きた事件を聞いてみた。


ブン　「そうですね。たとえば、いつだったか、劇団四季の『ウィキッド』に、柴田桃子《しばたももこ》さんが出ているから、みんなで大会の後、見に行こうって（五十嵐《いがらし》）先生が言うんです。

でも、私たちはまだ高校生なので、親にそれを言って、大会のために東京《とうきょう》に行く旅費だけでなく、チケット代も出してもらわなきゃならないじゃないですか。

そうなると、中には金銭的に苦しい子もいるわけで……。

でも先生は『行く』って言ったら絶対行くし、『行きません』って言った子には『なんで?』って。

『これ見に行かなくてどうするの？』って。

そういうのとか、最初はバトン部だったから、バトンを一式買って、大会用のレオタードも買って、なのに、JETS《ジェッツ》になってチアに変わったから、もうこのバトンは使わないし、このレオタードももう着ない、とか……」


自己投資という言葉がある。

それが自分に役立つものなら、無理をしてでも買うし、交通費を払ってでも見に行く。

それが裕子《ゆうこ》のスタンスだった。その理屈は、高校生のブンたちにも理解できる。

だが、経済的に親に頼っている以上、あまりにたびたび「お金を出してください」と親に頼むのは、子どもとしては気がひける。

ブン　「靴なんかも、最終的にはジャズシューズに落ち着いたんですけど、最初のうちはいろんな靴を試していて、『これじゃダメだから変えます』って。そのたびに新しい靴を買わなきゃならなくて、先生は大人だからいいけど、生徒のほうはきついよ、みたいな……」

もう一つ、ブンが苦労したのは、裕子《ゆうこ》の指示がしょっちゅう変わることだった。

ブン　「JETS《ジェッツ》のジャージ、最初は黒だったんです。今は白ですけど。最初のは、サトミがデザインしたロゴを背中につけてたんですけど、先生が急にデザイナーさんに描いてもらったのをつけるって言いだして。サトミ的には、せっかく自分が考えたものを急に変えるって言われて、しかも、自分のデザインが採用されないのは気に食わないって、すごく怒って。でも先生は『やる』って言ったら絶対やるし、サトミには（私から）『ごめん、先生こう言ってたから』って言ったんですけど、サトミは『信じられない。納得いかない』って直談判《じかだんぱん》しに行ってました」

そのときは、普段は温厚なチンでさえ怒って、サトミと一緒に裕子《ゆうこ》のところへ行ったという。

ブン　「私は、直談判《じかだんぱん》に行っても、先生は決めたことを絶対変えないってわかっていたので、そのときは部室で待っていました。そしたら、やっぱり二人が『ダメだった』って、怒りながら帰ってきて。サトミもチンも最後まで残ったメンバーだし、その事件でやめた子はいなかったけど、そういうことがあるたびに、先生の急な発想や勝手な考えについていけません、って思った子はいたと思います」

裕子《ゆうこ》と部員たちのパイプ役として、部内の調整に苦心していたブンの様子が伺えるエピソードである。

さらに、こんなこともあった。

日誌事件

時はややさかのぼり、二〇〇六年十月——ＩＭＰＩＳＨ《インピッシュ》との合同練習より、四ヶ月ほど前のことだ。

昼休みの部室で、裕子《ゆうこ》は、部員たちに一冊ずつ分厚いノートを配った。

裕子《ゆうこ》が、このために買ってプレゼントしたものだ。


紙に書いた夢はかなう。


それは、多くの経営者や心理学者たちが、口をそろえて言っていることだ。

私たちが、ふだん、ぼんやりと考えている夢や願いは、文字にして「見える化」することで、初めてはっきりしたイメージになる。

頭の中にあるだけでは、時間とともに薄れてきたり、ブレてきたりするからだ。

裕子《ゆうこ》は、大学を卒業したころから、目標をノートに書きはじめ、「教師になる」という夢をかなえた。

JETS《ジェッツ》のメンバーたちには、同じ方法を**夢ノート**として教え、実際に書かせることも行っている。


だが、それだけではまだ足りない。

――と、裕子《ゆうこ》は考え始めていた。

夢ノートは、大ざっぱにいえば、自分が欲しいものや、なりたい姿をリストにしたものだ。

✔今の体重から五キロ落とす。

✔アメリカの大会で優勝する。

といったことを、実現できるかどうかは別として、思いつくままに書いていく。

夢は大きくても小さくてもかまわない。通りすがりの店で見つけて、ちょっといいなと思ったものを手に入れる、というささいな夢から、チアダンスで全米制覇をする、という大きな夢まで、どんなものでもＯＫだ。

表現はできるだけ具体的に。ただ漠然と「やせたい」と書くより、「体重を×キロにする」とか「ウエストを×センチにする」というように、具体的な数字を入れるほうが、かなえたい夢の輪郭《りんかく》がはっきりする。

新しい夢を思いついたら、どんどん書き足す。

書いた夢は定期的に読み返す。

そうして、**かなった夢には、キラキラシールやハートマークで印をつける。**

こうした夢ノートをつけるだけでも、夢をかなえる効果はあった。

だが今、裕子《ゆうこ》が必要としているのは、「いつか」かなう夢ではなく、「三年後に、確実に」実現できる計画なのだ。

95ページに引用した『成功の教科書』の著者、原田隆史《はらだたかし》氏は、同書の中で、成功するための**日誌**をつけることを推奨《すいしょう》している。

夢ノートと日誌の違いは、たとえば、

✔ 夢ノートは、思いついたタイミングで、その都度書き足していくものだが、日誌は毎日つけなければならない。

✔ 夢ノートは、実現できたときに、その項目に印をつけるたけだが、日誌は毎日、「今日できたこと」と「できなかったこと」がわかるように書かなければならない。

✔ 夢ノートは裕子《ゆうこ》に見せる必要はないが、日誌は毎晩、寝る前に記入し、裕子《ゆうこ》に見せてサインをもらわなければならない。

――つまり、夢ノートよりも、数段、書くのが面倒くさかった。

だが、この日誌をはじめ、膨大な種類の記録を生徒たちにつけさせることによって、原田《はらだ》氏は自分の教え子たちを、何度も日本一にしている。

(これは、やらなければ)

裕子《ゆうこ》は、そう決心して部室に入っていった。

「今日から、みんなには、このノートに日誌をつけてもらいます」

裕子《ゆうこ》はそう言ってノートを配り、記入の仕方を説明した。

裕子《ゆうこ》の言いつけどおり、ノーメイクでおでこを丸出しにした生徒たちは、神妙な顔で聞いている。

前任校の生徒たちや、やめてしまった二年生たちとは大違いの態度である。

(まっさらなうちから教育してきた甲斐《かい》があった)

裕子《ゆうこ》は、心中ひそかにガッツポーズしつつ、

「みんな、いい？　わかった？」

と生徒たちの顔を見回した。
「はい！」
打てばひびくように、いい返事が返ってくる。
挨拶《あいさつ》の練習のたまものである。
（よし）
裕子《ゆうこ》は満足して部屋を出た。
ところが——。

同じ日の放課後。
たまたま、用があって部室の前まで来た裕子《ゆうこ》の耳に、
「五十嵐《いがらし》先生」
という言葉が飛び込んできた。
どうやら、中にいる生徒たちが、裕子《ゆうこ》の噂《うわさ》をしているらしい。
そうなると、つい聞いてみたくなるのが人情というものだ。
裕子《ゆうこ》は、そっと、ドアの前で聞き耳を立てた。

「てか、これ以上ノートとか、マジありえなくない？」

「ほんと。夜とか、練習で疲れてるのに、寝る前に書けとか、かったるいわー」

話し声や気配から、文句を言っている子たちの他にも、何人か部員がいるのがわかる。

「大体、あの先生、何でも一人で決めすぎ」

「言えてる。こんなノートとか買ってきちゃって。金の無駄《むだ》だっつーの」

そうそう、とあちこちから声が上がる。クスクスと笑い声もする。

ぐらり、と裕子《ゆうこ》の足元が揺らいだ気がした。

（うそ）

自分の耳が信じられなかった。

（ありえない）

この子たちとは、これまでずっと、うまくやってきたと思っていたのに。

みんな、裕子《ゆうこ》を信じてついてきてくれていると思っていたのに。

入ろうか、入らないでおこうか迷ったが、裕子《ゆうこ》は結局ドアを開け――、

「何をしているの！」

と怒鳴《どな》り込んだ。


部室にいた生徒たちが、いっせいにこちらを見るなり、「あ」という顔になる。

裕子《ゆうこ》は、

「あなたたちがそんな気持ちでいるなら、もう明日から練習はしない！」

「もう来なくていい！」

と怒鳴《どな》り散らし、生徒は入れない教職員専用のトイレに閉じこもった。

悔しくて泣けてきたからだ。

泣き顔を、生徒たちに見られたくなかった。

やがて、日が落ちて真っ暗な校舎に、

「先生！　ごめんなさい！」

と、泣きながら裕子《ゆうこ》を探すチンの声が響き渡った。

それでも、裕子《ゆうこ》はトイレにこもり続けた。

今は、あの子たちの顔も見たくなかったからだ。

ようやく裕子《ゆうこ》がそこを出て、重い足取りで帰宅したのは、生徒たちがみんな帰り、チンの声も聞こえなくなった、夜の八時過ぎだった。

JETSメンバーの反省文

翌朝、部室にいたメンバーたちは、裕子《ゆうこ》に反省文を提出した。
以下はその抜粋である。（※文中すべて原文ママ）

五十嵐《いがらし》裕子《ゆうこ》先生

昨日は先生を不快な気持ちにさせるような事をしてしまい、すみませんでした。

（中略）

昨日の事があって、先生は私たちを信頼出来なくなってしまったかもしれませんが、今日からも今までのように練習に出て私たちを指導して欲しいです。先生の理想のチアリーダー・JETS《ジェッツ》になれるように私も変わります。なので、今後もぜひよろしくお願いします。

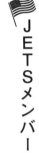

五十嵐《いがらし》先生へ

昨日は、先生のことを何も考えないで悪口言ってすいませんでした。

（中略）

私がバトン部に入った最初の理由は、「野球の応援に行きたい」「友達たくさん作りたい」という単純な理由です。（中略）でも、みんなと仲よくなっていくうちに「みんなでおどりたい」「大会出たい」って思えるようになって、ダンスというものが好きになりました。そう思えたのは、先生がダンスの楽しさを教えてくれたからです。

（中略）

でも、先生の考え方におかしいって思うときがあります。例えば、野球の応援の時にするオールバックです。何で、私たちがおどるのに私たちの好きな髪にできないのかおかしいと思います。先生は私たちの意見を聞いてくれないときがあります。

（中略）

先生が思ってる人間になれなくてごめんなさい。私はこんな考え方の人間です。これからも、先生と一緒に部活をしたいので、こういうことを書きました。

五十嵐《いがらし》先生へ

先生、昨日はすみませんでした。先生に対する悪口などを言ってしまいました。正直、今までにもオールバックの事や疲れているのに何でノートを書かなきゃいけないんだろうなどの不満を思った時がありました。でも、ノートを書いているうちに今日あった事などが心の中で整理されるし、言葉で書いてあるので後で読み返して、あの時はこうだったんだなと改めて気づくのでノートを書いててよかったなと思いました。

（中略）

なので、また一緒に部活をして下さい!!　先生に頼りすぎと思うかもしれませんが、やっぱり先生は必要です!!　こんな私ですが、これからもよろしくお願いいたします。大会では完璧なものができるよう、これからもご指導よろしくお願いいたします。本当にすみませんでした。

十月二十三日（月）

今日は悪口を一緒になって聞いて笑っていてすみませんでした。それは本当に悪かったと思っています。でも、やっぱりみんなお金のことは気にすると思います。

（中略）

先生には言いたいことがあります。私たちの意見を聞かないで何でもやってしまうところが「あれ？」と思います。例えば日誌です。私たちのためにしてくれているというのはわかっていますが、いきなり渡されると私はやらされている感じがします。だから、私たちにもやるかやらないか初めに決めさせてほしいです。

それから、オールバックのことです。大会でオールバックをした方がいいけど、発表などでは嫌です。

けど先生のおかげで前田《まえだ》先生が来てくださったので感謝しています。

ありがとうございます。

「オールバック」

「お金」

「部員の意見を聞かないで何でもやってしまうこと」

生徒たちの不満は、この三点に集約されていた。

これに対し、裕子《ゆうこ》はその日のうちに、「チアリーダー部のみんなへ」とタイトルをつけた長い返事を書いている。

チアリーダー部のみんなへ　　H18・10・24

昨日は、あまりに泣きすぎて頭が痛かった。今朝もかなりぼーっとして正直学校に来るのがおっくうだった。しかし、元気に朝練している姿にはっとした。やっぱりみんなは素晴らしい！

また、励ましやお詫びの電話や手紙などもらって元気を取り戻した。心配をかけて本当に申し訳ない。今日も練習見られなくて本当に申し訳ない。

ただ昨日のことでみんなに考えてほしいことがある。

みんなは何のために部活をしているのだろう？
もう一度考えてほしい。
昨日の事件を直接まのあたりにした人もそうでない人も考えてほしい。
私自身の考えは、みんながパーフェクトのダンスをして結果を出し、みんながこれから自信を持って人生を歩んでゆけるような、みんなが幸せになるような、そんな部活動にしたい。チアリーダー部は「高嶺の花」。かわいくて、かっこよくて、きれい！　そう思ってもらいたい。そう思うあまり、厳しい風紀指導、身なり指導が入る。

（中略）

確かにみんなは、よくここまでよくやってきた。よく成長した。本当にすばらしいと思う。千代《ちよ》先生のハードな練習にも集中して十分やり遂げた。脇で見ていてみんなを誇らしく思った。やっと本格的なチアダンスチームになったという実感がわいた。

私は、今のＪＥＴＳ《ジェッツ》はまだまだ良いチームと言えないのではないかと思う。いつもだれかが休んでいる。まだおたがいを許し合っていない。認め合っていない。それが練習に出る。声を全力で出し合えない。自分のできないテクニックをかっこ悪いと思い一生懸命できない。だれかが笑いそうで怖いのだ。練習中、関係のない話が出る。途中で変な笑い声があがる。など。

昨日の事件は、いつか起こると思っていたことだ。私の予測が見事にあたった。私のことを理解しようとしない人がまだいたことは本当に残念なことであった。

私も同じ人間である。大変深く傷ついてしまった。本当に情けないことではあるが。

みんなが私のことを十分理解出来ないのは、私がまだまだ未熟な教師であり、未熟な人間だからである。もっとすばらしい人間なら、とうの昔に私の悪口など言わなくなっているはずである。私は、もっともっと努力しなければならない、と実感した。

（中略）

今なら千代《ちよ》先生に振付してもらった作品でみんなを決勝へと導くのが私の使命である。それにはみんなの「心」を強くし、「心」を磨《みが》き、「心」を美しくするしかないのだ。もっときつい言い方だと「性格」を変えてもらう必要がある。そして、本当の意味で一致団結する。

結局最後に上手になる人は、「心」が美しく強い人なのだ。

「先生は、みんなの意見を聞かずに勝手に物事を決めてしまう。」という声をよく耳にする。手紙にも書いてあった。これは、私の最大の弱点でもあり最大の強みでもある。みんなの意見を聞いてから行動していては遅い時もあるし、いいときもある。また、まとまれる時とまとまれないときがある。

2年生は、結局そんな言い分で私と決裂してしまった。今ごろ、大会準備をしていたはずなのに……。

私はチームにとっていいことだと判断すれば、みんなの意見などおかまいなしだ。多少無理そうなことでもやってしまう。なぜなら、それがみんなのためになると信じているからだ。各イベントの参加についてもそうである。

また、やっかいなもののひとつに「オールバック」がある。

それでは、前髪があったほうが本当に美しいのだろうか？　集団としての美しさを出せるだろうか？　本当に踊りやすいだろうか？

まだ「オールバック」に抵抗がある人がいるようだが、そんな小さなことにいまだにこだわっているようでは、その人のダンスの上達は先が見えている。何にこだわっているの？「顔が気にいらないから？」「人に変だと言われるから？」

（中略）

楽をしたかったら、JETS《ジェッツ》にいるのは多分しんどいだろう。なぜならただの仲良しクラブではないからだ。自分を高めることに興味がなければ私の存在などただのうざい人であろう。私はみんなと友達ではないからだ。

とにかく、高校時代何か人に誇れるもの。自分で自信を持って人に話せるもの。それを心にしまえるよう、どんなことでも乗り越えていってほしい。

私はいつもみんなに元気をもらっている。とくに笑顔のいい部員や挨拶《あいさつ》のいい部員にはほれぼれする。何の汚れもない笑顔である。そんな子は多分これからも多くの人に支えられ幸せな人生を送ることができるはずだ。できれば、全員がそのようになってほしい。

とにかく、日々「明るく・素直に・美しく」特に「心」を美しくである。私もそうありたい。

※文中すべて原文ママ

二人以上の人間が集まれば、遅かれ早かれ、何かしら対立は発生する。
まして、裕子《ゆうこ》は個性の強い、熱血型の教師だった。
一方、生徒たちは、思春期まっさかりの少女たちだ。
衝突や行き違いは、避けて通れない道だった。
だが、このとき、裕子《ゆうこ》は気づいていただろうか。

生徒たちの反省文に、「オールバックが気に入らない」「先生はいつも私たちの意見を聞かないで何でもやってしまう」と書かれていたことの本当の意味を。

前任校では、生徒たちからの反応は「うざい」「クソババア」「死ね」といった拒絶の言葉ばかりだった。

どちらか一方でも、相手を否定するところから入っていては、本当のコミュニケーションは生まれない。

だが今、JETS《ジェッツ》の部員たちは、つたない言葉ながら、裕子《ゆうこ》に面と向かって、「自分たちはこう思っている」「こう感じている」「だから先生にはこうしてほしい」と訴えている。コミュニケーションをとろうと働きかけてきているのだ。

それは、裕子《ゆうこ》と生徒たちの間に、信頼の基盤が築かれていることの、何よりの証拠ではなかっただろうか。

サトミ　「（初めて五十嵐《いがらし》先生に会ったときは）正直、『何、この人』って思いました。うるさいし。だけど、何となく、『この人についていけば間違いない』っていう感覚もあって」

ブン　「(五十嵐《いがらし》先生は)『ブス』とか『バカ』とか、歯にきぬ着せないし、ひどいこともいっぱい言うんですけど、何でなんでしょうね。不思議と『ついていこう』って気になるんですよね」

自分では「まだまだ未熟」と思っていても、裕子《ゆうこ》もまた、がんばった年月の分だけ、しっかり成長していたのだった。

第7章

創成期の混乱

JETSが地元のお祭りにゲスト出演！（2007年）
提供：円山公民館（円山ふれあいまつり）

二〇〇六年七月——。

一学期の終わりごろから、初代JETS《ジェッツ》である一年生の中にも、ぽつぽつとやめていく子が出始めた。

六月に二年生が一斉退部。そのとき十八人いた一年生部員たちは、二〇〇六年の終わりには、九人にまで減っていた。

皮肉にも、裕子《ゆうこ》が「千代《ちよ》先生を呼ぶなら今しかない」と判断したきっかけになったダンス経験者はほとんどが辞め、残ったのは初心者ばかりである。


サトミ「やめていった子たちは、バレエとかよさこいとかヒップホップとか、他のことをやっていた子が多かったです。

『自分たちがやりたいのは別にチアじゃないし』って。

バレエなりよさこいなり、もっと真剣にやりたいことがあるから離れていった感じですね」

千代コーチ「バレエやよさこいをやっていた子たちは、もともと経験があるわけですから、最初のうちは、初めての子たちより上手に踊れるんです。

でも、かなりがんばって取り組まないと、前に習っていたやり方やくせがなかなか抜けない。たとえば、バレエとチアではアームスのポジションが違うのに、いつまでたってもバレエみたいに踊ってしまう。自分でも『それでいい』と思ってしまいがちですし。

そうこうしているうちに、初心者だった子たちが、どんどんうまく踊れるようになって、最終的には抜かれてしまう。そうなると、プライドもありますから面白くない——と、思うようになったのかと思います」

JETSに入ったら恋愛禁止!?

五十嵐「運動部みたいなきつい練習はしたくない、という子は、一年生の中にもいました。（この部活に入ったら）**恋愛禁止**、ということも言っていましたし。

『やっぱり校則守れないのでやめます』と言って、やめていった子もいました」

今（二〇一六年）は、表立って言うことはないが、JETS《ジェッツ》新体制がスタートしたばかりの一時期、裕子《ゆうこ》は部員たちに、「恋愛禁止」と言い渡していた。

ただでさえ、多感な時期である。気持ちの揺れが、そのまま踊りに出てしまうような生徒もいる。実際、裕子《ゆうこ》にバレた生徒は、こっぴどく怒られた。

だが、部員たちにしてみれば、「そこまで管理されたくない」という気持ちもあったに違いない。

はたして、彼女たちは、裕子《ゆうこ》のいいつけをきちんと守っていたのだろうか。

サトミ「私は守っていませんでしたね。他の子も、（彼氏と）つきあってる子は普通につきあってました。もちろん、中にはちゃんと（言いつけを）守っている子もいましたけど」

チン「（五十嵐《いがらし》）先生は、どうせ気がついてるんだろうなーと思ってたんですけど、前

に何かで集まったとき、先生から、

『チンはえらい。三年間、ちゃんと誰ともつきあわなかった』

って真顔でほめられたんです。私、当時はつきあっていた彼氏がいたので、

『すみません、実はつきあってました』

って白状したら、先生が
『え――――っ!?』

って本気で驚いて。

『そこまで黙り通したんなら、最後まで黙っといて』って」

部活では、裕子《ゆうこ》の言うことをよく聞くいい子の彼女たちも、恋に関してはなかなかどうして、したたかな面も持ち合わせていたようである。

初めての後輩たち

二〇〇七年四月。

初代JETS《ジェッツ》のメンバーは二年生になった。

福商では、四月前半を「体験入部」の期間と定めている。

新入生たちは、さまざまな部活を「仮入部」という形で体験し、四月下旬に正式な入部手続きをとるのだ。

この年、JETS《ジェッツ》に入部してきた新一年生は十七人いた。

このときの一年生たちは、JETS《ジェッツ》のことも、チアダンスのこともまだ知らない。相変わらず、甲子園で応援したい子たちが入ってきていた。

ところが、そこには裕子《ゆうこ》と、初代JETS《ジェッツ》のメンバーたちが待ち構えており、

「JETS《ジェッツ》は、アメリカ大会出場をめざす部活です」

「校則、守れますか？」

「オールバックにできますか？」

あっという間に、新入部員の二人が退部し、JETS《ジェッツ》は総勢二十四人となった。

五十嵐「今思えば、この年の新入生たちは気の毒でしたね。入部したてで、まだ右も左もわからないのに、ゴールデンウィークにはもう千代《ちよ》先生のレッスンが始まるん

です。入部して、たった二週間で」

当時、新しく入ってきた一年生たちは、千代《ちよ》コーチがどんな人なのかも、チアダンスでアメリカの大会に出る、というのがどういうことを意味するかも、まったくわかっていなかった。そこへきて、いきなり、夏の大会に向けての猛練習が始まるのだ。

短期間しか滞在できない千代《ちよ》コーチのレッスンは、時に、十時間も続くことがあったという。

そんな地獄のレッスンを、すでに何度もくぐりぬけてきたブンたち二年生は、即座にスイッチが入って練習にくらいついていく。そうなれば、後輩たちの面倒も、そうそう見てはいられない。

そのころの様子を、副部長の**山田亜梨紗**《やまだありさ》**（以下「アリサ」）**は、次のように語る。

アリサ「初めて後輩ができたとき、この子たちをどう育てていけばいいだろう、どう引っ張っていけばいいんだろう？　ということをよく考えました。私たちには、先輩がいた時期がほとんどなかったので、やり方がわからないんです。どうまとめていったらいいんだろうって、そういうことを、私は一番悩みました」

たとえば、練習前の体育館。

先生やコーチのために机を出したり、パイプ椅子《いす》を用意したりする仕事がある。

本来なら、下級生がする仕事だ。だが、「先輩から仕事を教えてもらう」という経験をもたないブンやアリサたちは、後輩たちにどう言っていいのかわからない。

わからないから、結局、自分たちでやったほうが早いよね、と動いてしまう。

だが、そうやって働きながらも、

(私たちがやってるんだから、あなたたちも手伝ってよね)

(もう、段取りはわかったでしょ？　なんで、ここで手伝えないかなあ)

といった不満が出てきてしまうのはどうしようもない。

一年生のほうはといえば、先輩たちが思うほど、気をきかせる余裕などまだなかった。

どうすればいいのかとほうにくれながら、しかし、先輩たちからの無言のプレッシャーは、ひしひしと伝わってくる。

五十嵐「創成期、といいますか、何かを生み出すときの難しさですね。がむしゃらに走っていく先輩たちや、ブルドーザーみたいな私に引っ張られながら、一年生たちも、よくがんばったと思います」

三年生の影

この時期、裕子《ゆうこ》には、もうひとつ頭痛の種があった。

三年生の存在である。

去年、裕子《ゆうこ》に反抗して一斉退部した二年生たちは、今や、最上級生になっていた。

退部以来、すっかり「アンチＪＥＴＳ《ジェッツ》」「アンチ五十嵐《いがらし》」となった彼女たちは、廊下で裕子《ゆうこ》とすれちがっても、目も合わせなければ、口もきかない。

部活がさかんな福商では、一年生から三年生まで、縦社会の関係が、他の学校より強かった。

上級生からの情報が、下級生に伝わりやすいのだ。

――知ってる？　去年、ＪＥＴＳ《ジェッツ》でこんなことがあってね……。

かつて、クラスでも目立って可愛《かわい》い子ばかりがそろっていたバトン部は、ＪＥＴＳ《ジェッツ》になってからというもの、ノーメイクにオールバックで、運動部並みの激しい練習にはげんでいる。

――バトン部時代はイケてたけど、今のＪＥＴＳ《ジェッツ》の子たちはイタイよね。

――うん。あれはないわ――

そうした、微妙な空気におじけづいて、やめていった一年生もいた。

そんな中、二年生になった初代ＪＥＴＳ《ジェッツ》のメンバーたちは、周囲の冷たい目にさらされながら、それでも懸命に練習していた。

この時点で、二年生部員はわずか九名である。

五十嵐「あの九人の結束の固さ、絆の強さは、この時期に培われたものだと思います。

クラスに戻れば、まわりじゅうが冷たい中、頼れるのは部員同士しかいなかったわけですから」

部員たちもきつかっただろうが、裕子《ゆうこ》は裕子《ゆうこ》で、しんどい思いをしていた。裕子《ゆうこ》は、三年生の担任である。どのクラスにも必ず、やめていった子たちがいる。もちろん、裕子《ゆうこ》のクラスにも、やめていった生徒がいた。そんな中、裕子《ゆうこ》が体育の授業をすると、クラス全体に、何ともいえない、ぎくしゃくした空気が漂うのだ。

五十嵐「生徒たちが盛り上がっているところに、私が入っていくと、とたんにシンとしてしまう。もちろん、生徒の全部が全部、私を嫌っていたわけではありませんが、そういう子たちも、JETS《ジェッツ》をやめたクラスメイトの手前、いろいろと気を遣うわけです」

うわべこそ平静をよそおっていたものの、裕子《ゆうこ》にしてみれば、三年生の体育の時間は、針のむしろのようだった。

「それはな、大変やけど、あいつらが卒業するまでは仕方がない。俺もそうだった」

そう言って裕子《ゆうこ》をなぐさめてくれたのは、当時バスケ部の顧問だった**中池由岐夫**《なかいけゆきお》先生だった。

中池《なかいけ》先生も、同じように部員に反発されて、みんなやめてしまった時期があったという。

「あいつらが卒業するまでは、つらかったなぁ。けど、部活を変えようと思ったら仕方ないな」

(こんな大御所の先生でも、そんなことがあったのか)

仕方ない。

裕子《ゆうこ》は、腹をくくることにした。

この年、JETS《ジェッツ》の戦績は、

六月　ミスダンスドリルチーム　東海予選大会　POM部門二位
七月　ミスダンスドリルチーム　日本大会初出場　POM部門最下位

十一月　　　　　全日本チアダンス選手権大会　本選　ポンポン高校生部門七位
二〇〇八年一月　ＵＳＡリージョナルスコンペティション　愛知大会　二位
三月　　　　　　ＵＳＡナショナルズ・ファイナル初出場　ソングリーディング
　　　　　　　　ポンポン部門九位

と、順調に成績を伸ばしている。

この年はまた、ＪＥＴＳ《ジェッツ》とチアダンスの存在が、学校外にも少しずつ認知され始めた年でもあった。

初めての出演依頼

二〇〇七年九月。

ＪＥＴＳ《ジェッツ》に、初のオファー（出演依頼）が舞い込んだ。

依頼主は、同じ福井県内の幼稚園。運動会で、演技を見せてほしい、という内容である。

「オファーがきたよ、みんな」

裕子《ゆうこ》が言ったとたん、部員たちの間から「えーっ!?」と、驚きと喜びの入り混じった歓声が上がった。

「呼んでもらえるんですか？　私たち」

「みんなの前で、それも依頼されて、踊らせてもらえるんですか？　先生！」

五十嵐「あれは嬉しかったですね。みんなで、それはもう喜び勇んで出かけていきました」

行った先の幼稚園では、園児の男の子に、

「顔がおかしい！　口あいてる！」

などと笑われたりもしたが、それまでずっと運動部のおまけのような存在だったJETS《ジェッツ》が、

「ステップアップした」

という気持ちは、部員たちに大きな自信をもたらした。

その後も、この代のＪＥＴＳ《ジェッツ》は、外部からのオファーを受けて何度か踊ることになる。

中でも印象的だったのが、ある病院の依頼を受けて、高齢者施設で踊ったときのことだった。


その日は、雨が降っていた。

部員たちは、施設内の、ベッドが置いてあるような狭い部屋で踊ったという。

おじいちゃん・おばあちゃんたちにとっては、おそらく、まったくなじみのない激しいダンスである。

（はたして、こんなものを見せて大丈夫だろうか？）

裕子《ゆうこ》の心配は、だが、杞憂《きゆう》に終わった。

入所していた方々は、ベッドで寝たきりのおばあちゃんにいたるまで、拝むように見てくださり、涙を流して喜んでくれた。

五十嵐「あのイベントは、今思い出しても泣けるくらい感動的でした。当時、学内では三年生のこともあって、いろいろとしんどい時期だったんですが、私たちがやっているチアというのは、やはり人を感動させるすばらしいものなんだ、という自信がつきました。見ている方がみんな喜んでくださって、本当に良かったと思いました」

チアリーダーは、つねに笑顔で、人を応援し、元気づける——。

そのことを、裕子《ゆうこ》も、部員たちも、改めて実感できた出来事だった。

裕子の予言

二〇〇七年十一月。

裕子《ゆうこ》は、日本航空のチアダンスチーム『ＪＡＬ　ＪＥＴＳ《ジェッツ》』との合同練習を計画。例によって、有無を言わさず生徒たちを連れて行った。

当時のＪＡＬは、全日本チアダンス選手権のスポンサーだった。

ＪＡＬ　ＪＥＴＳ《ジェッツ》の振付を担当していたのは、あの千代《ちよ》コーチである。

実は、裕子《ゆうこ》は、千代《ちよ》コーチに指摘されるまで、チーム名がかぶっていることに気がつかなかったという。

五十嵐「ＪＡＬ　ＪＥＴＳ《ジェッツ》さんの存在は、もちろん知っていましたし、演技も見たことがあったんですが、何となく『ＪＡＬのチーム』というような覚え方をしていて、名前が同じだとは全く気づきませんでした。でも、名前がかぶったのをいいことに、『いつか練習をご一緒させてください』とお願いして。その年の全日本チアダンス選手権大会に出るついでに、羽田空港の近くにあるＪＡＬの体育館で、ＪＡＬ　ＪＥＴＳ《ジェッツ》さんと、お互い大会の作品を披露《ひろう》しあって、全国大会への士気を高めました」

このとき、ブンは裕子《ゆうこ》から未来を「予言」されたという。

ブン「体育館で、ＪＡＬ　ＪＥＴＳ《ジェッツ》の練習を見ていたとき、（五十嵐《いがらし》）先生が急に、
『ブンも、将来はＣＡ《キャビンアテンダント》になるんだぞ』
って。それまで、私はそんなこと全然考えてなかったのに、先生に言われたら、

『そうか。私、CA《キャビンアテンダント》になるのか』
みたいになって」

そして今（二〇一六年）、ブンは航空会社のCA《キャビンアテンダント》として、多忙な毎日を送っている。

五十嵐「生徒たちを見ているうちに、ぱっとその子の将来（の姿）が浮かぶことがあるんですね。全部、私の妄想ですけれど。
ブンは美人ですし、気配りがとてもできる子でしたから、CA《キャビンアテンダント》が向いていると思ったので、そう言いました。チンには、まわりを元気にさせるオーラがあったので、アナウンサーになることを勧めました。そしたら、ブンは本当にCA《キャビンアテンダント》になったし、チンは、アナウンサーではないけれど、テレビ局に就職しました」

二〇一六年現在、JETS《ジェッツ》のコーチを務めている**三田村真帆**《みたむらまほ》**（以下「マホ」）**は、裕子《ゆうこ》に会うまでは、漠然と、将来はウェディングプランナーになるのもいいなあ、と考えていたという。

マホ　「でも、五十嵐《いがらし》先生が、

　『あなたがこの仕事（＝チアダンス）をしなくてどうするの？』

　って、千代《ちよ》先生に話をつけてくれて。

　結局、今は、千代《ちよ》先生の後を引き継ぐ形で、JETS《ジェッツ》のコーチをしています」


裕子《ゆうこ》の夢ノートには、生徒たちそれぞれの未来の夢を記入する欄があるという。

ブンは、CA《キャビンアテンダント》になる。

副部長のアリサは、歌手になる。

マホは、チアダンスの仕事をする。

サトミは、チアダンスの名門・桜美林《おうびりん》大学のソングリーディング部『CREAM《クリーム》』に所属する。

チンは、アナウンサーになる。

裕子《ゆうこ》のノートに夢を書き込んだ生徒たちのほとんどが、その夢をかなえているという

――。

第8章

二〇〇八年、勝負の年

☆JETS☆

これからのJETSは量より質!!!
JCDAの大会前は1日練習とかいっぱいしたけど、JCDAの本選直前みたいな
練習の質で1日練習やれてたら、絶対もっと順位上がったはず!!!

・2年生は残す大会があと2つ!!!
↳時間がない!!!あと2回で優勝できる??
越えれる??
越える気は本当にあるか?←2年生の気持ちがあるだけでは
足りない!! JETS全員分の気持ちが
必要!!!
⇩
今のままの練習では、ぜーったい無理!!!
・本選直前のような練習が毎日の練習でできたら最高!!!
本選直前のような雰囲気をみんなで作る。
↳本選直前のような雰囲気でもOK!!!
・誰か1人からの伝染でもOK!!!
その誰か1人にしっかりみんながついていくこと!!!
どんなに長時間練習しても、意識がなかったら、やらないのも同然!!!
ただでさえ時間がないのに無駄《ムダ》にはしたくないです!!!!!

・1・2年生の間で常識的なマナーや礼儀は大切!!
でも…優勝したい!!!と思う気持ちは、
2年生の方が大きくて、1年生は小さくないといけない!ってコトは
絶対無いから、1年生は遠慮せずJETSとして優勝を目指しましょう!!
例えば、1年生の『優勝したい』と思う気持ちが30だったら、
2年生の『優勝したい』と思う気持ちが50あったとしても、80の力にしか
ならない!!! そこまでのDANCEしかできない!!!
でも、1年生50 2年生50の気持ちがあれば100の力になる!!
1人1人の気持ちが大きければ大きいほど、熱ければ熱いほど
いい練習が出来て、いい演技が出来る!! 強いチームになれる!!!

1年生は、2年生が引退してからどんなチームにしていくか、
何をどんな風に先輩から受け継ぐか、そろそろ少しずつ考えて!!
春には先輩!!!

下級生との温度差が気になったマホが、チームとして一丸となることの大切さを
再認識するために部員に向けて書いたメッセージ。(2007年)

二〇〇八年四月。

ブンたち初代メンバーは三年生に進級し、JETS《ジェッツ》三代目にあたる新一年生が入ってきた。

裕子《ゆうこ》の福商赴任《ふにん》から数えて五年。

JETS《ジェッツ》に、ようやく三学年がそろったことになる。

この年の部員数、総勢四十四名。

また、同じこの年、裕子《ゆうこ》はちょうど四十歳の誕生日を迎えた。


「先生！　ブンとマホが喧嘩《けんか》してます」


副部長のアリサが、職員室に裕子《ゆうこ》を呼びに来たのは、四月に入って間もないある日のことだった。

裕子《ゆうこ》は、書きかけの書類をそのままに席を立つ。


「問題は起こしなさい」

第8章　二〇〇八年、勝負の年

「喧嘩《けんか》はどんどんしなさい」

日ごろから、裕子《ゆうこ》は、部員たちにそう言い聞かせていた。

問題が解決しにくいのは、情報量が少ないからだ。

一度は片づいたはずの問題が、しばらくすると、似たような形で再発する。学校の部活にかぎらず、どんな組織でもよくあることだ。

表面に現れたトラブルだけを解決し、問題の根が残っているときに、こういうことが起きやすい。

（ブンとマホ、か……）

確かに、日ごろから、あまり仲の良くない組み合わせである。

この問題の根はどこにあるのか。いい機会だから、よく観察してみなければ。ふたりの話も、ちゃんと聞いて。

そんなことを考えながら、裕子《ゆうこ》が体育館に入っていくと——。

そこには、一年生から三年生まで、JETS《ジェッツ》のメンバーが勢ぞろいしていた。

マホと喧嘩《けんか》をしていたはずのブンが、にこにこしながら、

「せーの！」

と声を張り上げる。


ハッピバースデイ、トゥーユー♪

ハッピバースデイ、トゥーユー♪

ハッピバースデイ、ディア　せんせーい♪

ハッピバースデイ、トゥーユー♪


裕子《ゆうこ》の驚いた顔が、よほど面白かったのだろう。歌いながら、みんな、「やった！」とばかりににやにやしている。

歌い終わると、「わあっ！」と生徒たちから歓声が上がった。

「先生、驚いた？　驚いた？」

「……うん。びっくりした」

前任校はもちろん、福商に来てからも、誕生日を祝ってもらったことなどなかった。

この日、裕子《ゆうこ》は自分の日誌に次のような記録を残している。

2008.4.10　My Birthday

いよいよ四十歳!!　マダム年齢スタートです。

JETS《ジェッツ》のみんなが、大好きなバラの花束と、かわいいカップとストラップをプレゼントしてくれました。それも心のこもったバースディソングを歌ってくれ、涙が出そうになりました。

最近ようやく教師になってよかったと思うことが多くなってきました。二十代から目指していた事が、様々な形につながっていて不思議。これから多分すごい事になっていくと思う。

今までお世話になった人全てに感謝しつつ、さらに恩返しできるように前進します。

JETS《ジェッツ》の三年生には本当に感謝しています。彼女たちと出会わなければ、現在の私はあ

りません。彼女たちを全国一にするために尽くしていきたい。そう誓った四十歳のバースディでした。

※文中すべて原文ママ

今年は、行ける

その日も、裕子《ゆうこ》はいつものように、JETS《ジェッツ》の放課後練習に顔を出した。

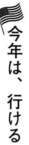

体育館では、二年生と三年生がちょうどバーレッスンを終え、ジャンプやステップの練習を始めたところだ。リズミカルなダンスミュージックが天井にこだまし、部員たちが順番にターンやジャンプをしながら、くりかえし床を横切っていく。

クロスフロアというこの練習は、チアダンスの個々のテクニックをきちんと習得するために、欠かすことのできないルーティンだった。

見ている生徒たちの間から、ひっきりなしに、

「背筋まっすぐ！」

「膝伸ばして！」

など、仲間たちへのアドバイスの声が飛ぶ。

この方法は、二年前にＩＭＰＩＳＨ《インピッシュ》との合同練習で知り、ＪＥＴＳ《ジェッツ》の練習に取り入れたものだった。

三年生が二年生にアドバイスをするのはもちろん、たとえ二年生であっても、三年生の練習を見ていて気づいたことがあれば、どんどん口に出していく。

一年生の姿がないのは、別室で声出しの練習をしているせいだ。

今日の**練習リーダー**になった子が、カゴに山盛りになった**日誌**を持って、小走りに裕子《ゆうこ》に近づいてくる。

メンバー全員が日替わりでつとめる練習リーダー制も、二年前に裕子《ゆうこ》が導入した日誌も、今ではすっかり定着していた。

部員たちが練習しているそばで、彼女たちが用意してくれたパイプ椅子《いす》に座り、まずは全員分の日誌に目を通す。――というのが、最近の裕子《ゆうこ》の日課である。

その日のチンの日誌には、

「マックフルーリーの抹茶に感動」
「お昼ご飯のときみんなで爆笑」
「久々に家族四人で『はしもと』へ」

と、元気な文字が躍《おど》っていた。

「焼肉　はし本」は、チンの家の近くにある焼き肉屋だ。こぢんまりした家族経営の店で、験《げん》かつぎをしたいときや、スタミナをつけたいときなど、よく家族で行くらしい。

チンの日誌には、ほぼ毎日、何かしら食べ物のことが入っていた。

「お母の手巻き寿司がおいしすぎて」
「みんなで小谷先生のミスドいただいて」
「おいしいたい焼きを久々に食べて」……。

——あの子らしい。

ほほえましく思いながら、裕子《ゆうこ》は、ページの片隅に、赤ペンで「ｆｉｇｈｔ！」とメッセージを書き添える。


この日、裕子《ゆうこ》は自分の**夢ノート**を体育館に持ってきていた。そこに大きく書かれた、

「JETS《ジェッツ》がアメリカの大会に出場する」

「JETS《ジェッツ》が全米を制覇する」

という夢には、まだチェックが入っていない。

だが、その次に書かれた、

「JETS《ジェッツ》の子たちが、自分たちで考えて練習できる、自律型のチームになる」

という夢は——。

裕子《ゆうこ》はピンクの蛍光ペンで、その項目に力強く大きなハートマークをつけた。


——今年は行ける。

裕子《ゆうこ》の中で、それはもはや確信めいた予感となっていた。

全米制覇の戦略

放課後の練習は、授業が終わってすぐにスタートする。毎日、遅くとも四時には部員が集まり、六時まで練習。

公式には、部活はそこで終わりだが、その後は各自、自主練という形で、遅くまで居残る生徒も珍しくないという。

もともと、福商の運動部には、遅くまで残って練習をする、という文化があった。

多くの高校の部活は、三年生の夏までで引退する。だが、福商では、三年生の終わりまで、みっちり部活を続けることもできた。

二〇〇四年、全米優勝を果たしたIMPISH《インピッシュ》の厚木《あつぎ》高校は、神奈川《かながわ》県でも有数の進学校だ。当然、部活は二年で引退。それでも全米制覇を達成している。

五十嵐「二年でアメリカに行けるなら、三年間、たっぷり練習できるうちの生徒たちが行けないはずがないと思いました。しかも、アメリカの大会《NDA 全米チアダンス選手権大会》は三月中旬ですから、ぎりぎり、卒業式まで練習できるわけです」

一方、JETS《ジェッツ》を指導する千代《ちよ》コーチは、

千代コーチ「アメリカの選手たちは、日本人と比べて手足も長いし、そもそも股関節《こかんせつ》のつき方からして違います。一人ひとりの表現力も高いし、小さいころからバレエをやってますとか、ヒップホップをやってましたとか、テクニックだけを見たら、とても勝ち目はないわけです」

一般的に、欧米人は足を引き上げるときに**大腰筋**《だいようきん》を使うが、日本人は腿《もも》の筋肉を使うといわれている。

大腰筋《だいようきん》とは、骨盤の近くにあり、背骨と大腿骨《だいたいこつ》をつなぐインナーマッスルである。ここをうまく使うことで、下半身の使い過ぎを防ぎ、キュッと形よく上がったヒップと、スラリとした足を手に入れることができるのだ。

だが、多くの日本人は、大腰筋《だいようきん》をうまく使えず、その分、腿《もも》の筋肉に頼ることになる。結果、お尻の位置が下がり、腿《もも》の筋肉が発達して太く見えるのだ。

こうした見た目のハンデに加え、日本人はもともと、性格的に派手なアピールが苦手で

ある。

千代コーチ「バレエやダンスなら、個人としての表現力が第一ですが、チアは、ラインダンスで脚の高さをそろえるとか、全員で同じ動きをするために、必要なら自分を抑える、という、協調性が第一の競技ですから。日本チームが勝てるとしたら、そこで勝負するしかないと思いました」

日本チームの強みは、何といってもチームワーク。
振付の難易度は下げてでも、おたがいを尊重・協調して演技する。
しっかりそろった演技を一番の見どころにする。

それが、日本人チームを勝たせるために、千代《ちよ》コーチが考えた戦略だった。

全米選手権に出場するためには、まず、毎年十一月に開催される**全日本チアダンス選手権**で入賞しなければならない。

同大会の、これまでのＪＥＴＳ《ジェッツ》の戦績は、二〇〇六年、一年生のときが十五チーム中、十二位。翌二〇〇七年が、十チーム中、七位。

ここから上位に躍《おど》り出るために、ＪＥＴＳ《ジェッツ》のメンバーは、これまで以上に練習に打ち込まなければならなかった。

第9章

努力の代償

初めての全日本チアダンス選手権大会の際に、
会場の観覧席で撮影されたチンとサトミの仲良し2ショット♪（2006年）

全力投球の落とし穴

「めざせ、アメリカ」「めざせ、フロリダ」を合言葉に、日々、猛練習にはげむ部員たち。

練習中には、こんなハプニングもあった。

サトミ「朝練に行く途中、晴れた日はいつも自転車で行ってたんですけど、車にバーンて当たって、自転車、ベコベコになっちゃったんですよ。

そのとき、今思えばバカなんですけど、とっさに『朝練に遅れる！』って思ったんですね。

車から人が降りてきて『大丈夫ですか!?』ってきいてくるし、自転車はグニャグニャだし、自分もちょっと（車に）当たってたんですけど、

『あ、大丈夫なんで』

って言って、自転車はそこに置いたまま、走って学校に行ったっていう。

動転してたんだと思うんですけど、そのときはもう、『朝練に遅れる！』ってことしか考えられなくて。

それで、朝練が終わった後で（五十嵐《いがらし》）先生に、
『聞いてくださいよ。今朝、事故にあっちゃって〜』
って言ったら、先生が『はあ!?』って。
『そういうときは事故のほうを優先しなさい！』って。
めっちゃ怒られました」

幸い、そのときは怪我《けが》もなく、事故の後遺症もなかったそうだが、長時間の過酷な練習は、高校生の彼女たちの体に、着実に負担をかけていた。

五十嵐「練習を続けていけば、ある程度の怪我《けが》や故障は避けられないですね。初代メンバーにも、故障を抱えていた子は多かったです。ブンもアリサも、膝や腰を傷めていたし、チンも帯状疱疹《たいじょうほうしん》が出たことがありました」

サトミ「事故のときは平気だったんですけど、三年生の……十一月くらいだったかな。腰を傷めて、アメリカに行く直前のミニ発表会――親とか、うちの学校の生徒た

ちに『行ってきます』って見せる会には出られませんでした。当時、なかなか体育館が借りられなくて、練習はほとんど、駐車場や渡り廊下のコンクリートの上でやってましたから、そのせいで足腰を傷める子が多かったのかもしれません」

中でも、ブンは、二年生の終わりごろから、急激に調子を落としていた。生真面目で責任感の強い彼女は、部長としての仕事をこなしつつ、ダンスも完璧にこなそうと、誰よりも長い時間、練習をし続けていた。

ここへきて、それが裏目に出たのである。

ブン　「もともと負けず嫌いっていうか、(五十嵐《いがらし》)先生に『こうしなさい』って言われて、『できません』って言うのが、どうしてもイヤで。くやしくて、『絶対やってやる』って思っちゃうんですよね」

気がつくと、常に、膝と腰に痛みを感じるようになっていた。

最後のころには、朝、学校に行く前に整骨院に寄り、膝にテーピングをしてもらってから、学校で一日練習。帰りにまた整骨院に寄って手当てをする、ということをくりかえしていたという。

――精密検査の結果は、膝の半月板《はんげつばん》と靭帯《じんたい》損傷。

もはや、手術は避けられないところまできてしまっていた。

入院、手術、そして復帰

二〇〇八年二月。

裕子《ゆうこ》はブンと話し合い、七月に開催される**ミスダンスドリルチーム日本大会**への出場は断念し、秋までのシーズンを手術と回復にあてるように勧めた。

十一月に開催される全日本チアダンス選手権の全国大会は、アメリカ行きの切符を手にするために、避けて通れない関門だ。

「**秋の大会では、復帰してくるブンがちゃんと入れるように、振付を完全に変更する。**みんなで一緒にアメリカに行こう」

裕子《ゆうこ》は、ブンにそう約束した。

アリサも、チンも、口々に、

「待ってるから」

「帰ってきたら、また一緒に練習しよう」

とブンを激励《げきれい》する。

三月に行われた**USAナショナルズ・ファイナル**出場後、ブンは、入院して膝の手術を受けることになった。

五十嵐「考えてみたら、ブンは、一年のときからいろいろ苦労しているんです。最初、ブンのクラスからは、五人がJETS《ジェッツ》に入ってきたんですが、ブン以外の四人はやめてしまったんですね。やめた子たちは、スカートも短くして、女子高生ライフをエンジョイしているのに、ブンだけが、おでこ全開で部活にはげんでいる。孤独ですよね。その点、サトミたちのクラスは、他にもアリサやチンがいましたから、ブンよりはいろいろなことを我慢《がまん》しやすかったと思います」


二〇〇八年五月四日。

チンをはじめ、三年生のメンバー全員が、ブンの入院先の病院にお見舞いに行った。

チンの日誌には、

「ブン、元気そうでよかった」


という文字が見える。

三日後の連休明け、ブンは無事退院し、足をひきずりながら部活に復帰した。

といっても、膝が完治するまで、激しい運動は厳禁である。練習を再開できるようになるまでの間、一年生の指導をすることが、ブンの新たな仕事になった。

チン、初の大役をゲット

そのころ、部内のムードメーカー、チンにも異変が起きていた。

二〇〇八年六月上旬。

JETS《ジェッツ》では、翌七月に開催される**ミスダンスドリルチーム日本大会**のための練習が始まっていた。

東京《とうきょう》から千代《ちよ》コーチが来て、各メンバーのポジションが発表される。

そこで、チンはなんと、初の**センター**に指名された。

最前列の、真ん中。

観客の視線が、最も集中するポジションである。

それまでセンターで踊っていたのは、ブンやマホのように経験があって上手い子か、サトミのように華がある子ばかりだった。

だが、チンにとって、チアダンスは、文字通りゼロからのスタートだった。

ブンやマホのように、経験があるわけではない。
サトミのように、天性のセンスがあるわけでもない。
チンの日誌には、一年生のころ、毎日のように、

「できなかった」
「みんなゴメンの」

といった後ろ向きな言葉ばかりが綴《つづ》られていた。
だが、二年生の秋ごろから、失敗を嘆く言葉が、

「なんかめちゃくちゃ悔しい」
「もっともっとうまくなってやる！」

と前向きになり、その間にちらほら、

「先生にほめられた！」

「みんなの反応よかった！」

と、上達を伺わせる言葉が混じり始める。

さらに、三年生の連休明けごろから、

「よくなったってゆわれた!!!　やった!!!」

「サトミとかにほめられた!!!」

と、立て続けに前向きの評価をされ始め、ついにセンターの座を射止めたのだ。

千代コーチ「福商に初めて行ったとき、一番覚えているのは、部員みんなの顔が本当にキラキラしていたことですね。特にチンなんですけど、もう、何でも全部吸収しようっていう姿勢がすごかった」

センターに決まってからのチンの日誌は、

「負けるな自分！　ここで負けたらパンチやぞ!!!」
「できるッできるッ絶対出来るッ!!!」

と、テンパりつつも、日々全力で練習に取り組む姿が伺える。

チン　「センターって、ものすごくプレッシャーかかるし、責任感も必要なんだって、このとき初めてわかりました。サトミがセンターで踊ることが多かったんで、アドバイスとか、指導とか、ほんといろいろしてもらって。でも、自分はブンとかマホみたいな経験もないし、本番でコケたらどうしようとか、そんなことばっかり考えてました」

だが裕子《ゆうこ》は、部員たちのそうした一喜一憂ぶりには、徹底して無頓着《むとんちゃく》だった。

センターには、大した意味がない

「私、初めてセンターで踊ることになった!!!」

いつにも増して興奮気味に書かれたチンの日誌に、裕子《ゆうこ》はただ一言、「ＯＫ」と書き込んだだけで、たんたんと次の子の日誌に移った。

裕子《ゆうこ》にとっては、誰がセンターで踊ろうと、大した意味はなかったからだ。

五十嵐「誰がセンターかということは、実はあまり気にしていません。真ん中の子が目立つのは確かですが、そこは千代《ちよ》先生がきちんと考えてくださっていて、客席から見れば、どの子もちゃんと引き立つように、必ず見せ場があるように、絶妙な振付になっているからです」

だから、裕子《ゆうこ》の関心は、もっぱら、

（この子に、今回の技はできるだろうか？）

とか、

（あの子、初めてダブルターンが入ったけれど、大丈夫かしら）

といったことに集中しており、誰がセンターに決まっても、「あ、そう」という、きわめて淡泊《たんぱく》な感想しか出てこないのだった。


とはいえ、生徒たちのほうは、新しい振付がくるたびに、

（やった、私、センターだ！）

（えー？　私、何でこの子の後ろで踊らなくちゃいけないの？）

と、いちいち喜んだりへこんだりしている。

サトミ「みんな、表立っては言わなかったけど、内心はすごく気にしてました」

彼女たちにとって、「センター」はやはり特別なポジションだからだ。

五十嵐「でも、そんなことを気にしてどうするの？　というのが、当時の私の考えでした。観客はどうしてもセンターを見てしまいますが、大会でジャッジが見るところは違います」

大会で一位を目指すということは、言い換えれば、いかにジャッジの点数を上げていくか、ということだ。

チアダンスの大会の審査項目は多岐にわたる。

全体の構成・振付のほか、ジャズ・ポン・ヒップホップなど、各カテゴリーの技術点、視覚効果、フォーメーションや移動の正確さ、一体感などが細かく採点されるのだ。

五十嵐「ジャッジの人たちは、真ん中よりも、端を見て判断するんです。他の子たちがいくらきれいに踊っていても、端の子のつま先がポイント（足がつま先までまっすぐ伸びた状態）になっていなければ、それだけで減点されてしまう。センターの子が派手に回ったり、ジャンプしたりすれば、観客の人たちはワッとわきますが、そういうのは、実は、点数にはほとんど反映されないんです」

チアダンスでは、センターがいくら上手くても、他がダメでは話にならない。たった一人、スターがいるだけでは勝てないのだ。

チームのうち、誰か一人が十歩先にいくよりも、みんなが同時に一歩出たほうが、チームとしての技量は上がる。

五十嵐「チアダンスは、全体で一つですから。センターになる・ならないよりも、みんなが確実にできることを、全員できちんとやることのほうが、はるかに大切なんです」

だが、このセンターをめぐる、裕子《ゆうこ》と生徒たちとの——特にブンとの価値観の違いが、後に、大きな事件へと発展していくことになる。

第10章

すれ違い

3月24日.25日はいよいよ幕張なのだ！！
うちらは１つッ！！！
ＪＥＴＳパワー全開でいくぜっっ☆
絶対入賞できるよ！！
うちらは強い！！
最高のチームなんやから自信持とうや★
仲間信じようや☆
ダンスがスキでスキでしょうがない
うまくなりたい
そのきれいな、素直な気持ちが
あれば絶対にいい踊りができるはずだよ。
WE ARE
JETS

USAナショナルズ大会に向けて士気を高めるため、
部員たちがつくったプリント。（2006 年）

ペットボトル事件

二〇〇八年七月。

JETS《ジェッツ》の大会練習と、ほぼ時期が重なる形で、夏の高校野球地方予選大会がスタートした。

名将・北野尚文《きたのなおふみ》監督率いる福商野球部は、知る人ぞ知る甲子園の常連校だ。JETS《ジェッツ》が結成された二〇〇六年も、翌二〇〇七年も、甲子園に出場している。

「バトン部（当時）に入れば、甲子園で野球部を応援できる」

という動機で入部してきた子たちにとって、毎年夏の甲子園は、一年を通じて、最も楽しみなイベントのひとつだった。

特にブンは、同じクラスにいた野球部の主将と仲が良かったこともあって、毎年、勝負の行方を気にかけていた。

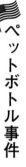

第10章　すれ違い

七月二十三日に行われた地方大会準決勝。

福商は五対一で敦賀気比《つるがけひ》高校を破り、決勝進出を決めた。

翌二十四日の決勝戦では、十九対二の大差をつけて北陸《ほくりく》高校に圧勝。

ＪＥＴＳ《ジェッツ》のメンバーは、今年も、甲子園で野球部を応援できることになった。

この日ばかりは、チンの日誌も、野球部の記事で埋めつくされている。


「まさか三年連続で（甲子園に）行けるなんて！」


甲子園での第一回戦は八月八日。その少し前に出場した**ミスダンスドリルチーム日本大会**で、ＪＥＴＳ《ジェッツ》は見事、**ダンス部門四位、ベストロールプレゼンテーション賞初入賞**という、過去最高の好成績をたたきだしていた。

大会から甲子園までの間も、ＪＥＴＳ《ジェッツ》のメンバーは忙しい日々を送っている。

八月三日、福井競輪場で開催された『一〇〇万人のためのマーチング』に出場。他にも、体操フェスティバル、マーチングバンド・バトントワリング福井県大会と、この夏はイベントが目白押しだ。

熱に浮かされたように、練習にはげむ部員たち。

だが、その中に一人、波に乗り切れず、冷めた目をした生徒がいた。

ブンである。

このとき、ブンはまだ手術後の療養中だった。

部長として、練習には欠かさず顔を出し、一年生を指導したり、少しでも調子のいい日には、無理をして踊ってみたりもしていたが、ダンスも、体調も、ベストコンディションにはほど遠い。

ブンは、次第に、落ち込むことが多くなっていった。

千代コーチ「当時のブンは、疎外感を持ちやすかったと思います。

他のみんなは、盛り上がって楽しそうに練習して、どんどんうまくなっていく。

怪我《けが》していると、そういうのを見るのはつらいですから。ただ、そのつらいところからもうひとつ出ていく、その強さがブンには足りなかったかな。キャプテンとして、チームのために何ができるのか。自分は踊れなくても、一年生の指導とか、みんなのできてないところを指摘するとか、できることはいろいろあるわけです。だけど、そういうことを考えるより先に、ブンは、誰も自分を見てくれない、かまってくれないと落ち込むほうにいってしまった。高校生だし、自分よりチームを優先できるような余裕はなかったのかもしれないけれど」

サトミ「あのころのブンは、いつも暗い顔で練習を見てました。うちらも（ブンの）気持ちはわかるけど、何を言ったらいいかわからない、みたいな」

ブン「あのときは、身も心も完全に病んでたので、はたから見ても、相当感じが悪かったと思います。**あまり練習に行きたくなくなってた。**五十嵐《いがらし》先生にも、さんざん

『態度が悪い』って注意されていました」

八月七日。

明日はいよいよ甲子園というその日、ついに裕子《ゆうこ》がブンに切れた。

「そんなにやる気がないのなら、明日から練習に来なくていい！」

ブン　「あのときは『そんなこと言われたって、明日から甲子園だし』ってなって。もともと甲子園に応援に行きたくて入った部活なのに、練習に出なかったら、甲子園にも行けないし。最後の大会なのに。

それで、かっとなって、自分の足元にペットボトルをカバーごとたたきつけたら、中身がスポッと抜けて、五十嵐《いがらし》先生のほうに飛んでいったんです」

居合わせた部員たちが、はっと息をのむ。

はりつめた沈黙がただよう中、裕子《ゆうこ》は、無言でペットボトルを拾い上げた。

表情にこそ出さなかったものの、内心、激しいショックを受けていた。

（壊れた。ブンが）

だいぶ前から、ブンが苦しんでいることは知っていた。故障、そして手術と、つらいものをたくさん抱えて、毎日、整骨院にかよいながらも、欠かさず練習に出てくる。その努力はすばらしいとも思っていた。

だが、JETS《ジェッツ》の顧問として、裕子《ゆうこ》はこれ以上、ブンとまわりの状況を放置しておくわけにはいかなかった。

少し前には、ブンの態度に腹を立てたサトミが、廊下でブンをつきとばす、という事件が起きている。

そのときは裕子《ゆうこ》が間に入って、何とか仲直りさせたものの、ブンとサトミの仲が悪いのは、誰の目にも明らかだ。

みんながブンに気を遣っていた。ブンの顔色を伺いながら、はれものに触るように接していた。
いよいよアメリカを目指そうとしている今、そういう部内の不協和音は、チーム全体の力を削《そ》いでしまう。

五十嵐「このときのブンはもう、精も根も尽き果てていたのだろうと思います。ペットボトルを投げつけられて、もうダメだと思いました。これ以上、この子に期待してはいけない。部長の重圧がかかるような仕事は、もう任せないでおこうと思いました」

その日、裕子《ゆうこ》は副部長のアリサを呼び出した。
「ブンはもう、部長の仕事はできないからね。あなたたちでフォローしてあげて」
賢い副部長には、それだけでちゃんと伝わったのだろう。アリサはただ一言、「はい」とだけ言ってうなずいた。

一年生のころから、裕子《ゆうこ》の言うことには素直に従い、ひたすら努力を重ねてきたブン。

だが、そのブンと裕子《ゆうこ》が決裂する、さらに決定的な事件が起きようとしていた。

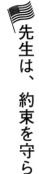

先生は、約束を守らなかった

二〇〇八年八月十二日。

福商の野球部は、二回戦で宮城《みやぎ》の仙台育英《せんだいいくえい》高校に敗れ、野球部と初代ＪＥＴＳ《ジェッツ》の最後の甲子園が終わった。

チンの日誌には、

「最高の試合やった」

「ほんとありがと〜〜〜!!!」


という文字が、泣き顔マークとともに書かれている。

このあと、ＪＥＴＳ《ジェッツ》のメンバーは、お盆をはさんで短い夏休みを過ごし、十八日から部活を再開。それまで一年生の指導に当たっていたブンも、本格的に練習を再開することになった。

今日からブンが本格復帰する、という当日。

ブンが体育館に行ってみると、そこはやけに閑散としていた。

三年生の部員が、ほとんどいない。

毎年、この時期の福商は、学校祭シーズンを迎える。

その学校祭の目玉である、**応援合戦**の準備があるため、ほとんどの部員が出払っていたのだ。

かつて、母校の藤島《ふじしま》で、裕子《ゆうこ》も夢中になって打ち込んだ応援合戦。

だが、裕子《ゆうこ》はＪＥＴＳ《ジェッツ》のメンバーに、

「三年になるまで、応援団に入るのは禁止」

と、厳しく言い渡してあった。

秋の全日本チアダンス選手権と、応援合戦の準備が丸被りしてしまうこの時期、メンバーの練習時間を削るわけにはいかないからだ。

そのかわり、三年生になったら、応援団のリーダーとして、チームのために、徹底的に活動する。

ブンたちは過去二年間、クラスメイトたちが楽しそうに応援合戦の準備をするのを横目に、チアの練習をがんばってきた。

そして今、ブン以外のメンバーは、晴れて応援合戦に加わることを許され、クラスの子たちと楽しく準備にかかっているのだ。

だが、今のブンにそんな時間はなかった。休養中の遅れを少しでも取り戻さなければ、アメリカ行きがかかった十一月の大会《全日本チアダンス選手権大会》で、みんなに迷惑をかけてしまう。

仲間たちのいない体育館で、ブンは一人、疎外感と、思うように動かない自分の身体と闘いながら、黙々と練習を続けていた。

『待ってるから』

『帰ってきたら、また一緒に練習しよう』

――あのとき、あんなふうに言ってたくせに――……。

一方、そのころの裕子《ゆうこ》は、秋の全国大会《全日本チアダンス選手権大会》に向けて、本格的に戦略を立て始めていた。

七月の大会《ミスダンスドリルチーム日本大会》で四位をとれたことは、裕子《ゆうこ》を大いに勇気づけていた。

(これは行ける。絶対行ける！)

十年はかかると覚悟していたアメリカ行きが、わずか五年で実現しようとしている。

裕子《ゆうこ》は興奮していたが、決して油断はしなかった。

(勝ちにいくなら、この時期、一から振付を作り直すより、好成績を出した前回の振付のままでいったほうが有利だ)

チームを指揮する者として、それは、しごく合理的な判断だった。

裕子《ゆうこ》のミスは、長年、自分をサポートしてきたブンも、裕子《ゆうこ》の考えを理解し、受け入れてくれるはず、と頭から決めつけてしまったことだ。

全国大会の振付が発表になったとき、ブンは部長という立場上、表立っては何も言わなかったものの、内心は深く傷ついていた。

秋の大会では、復帰してくるブンがちゃんと入れるように、振付を完全に変更する。

そう約束したはずの五十嵐《いがらし》先生が、振付を変えなかったのだ。

正確にいえば、ブンが入る場所は、ちゃんと用意されていた。だが全体の振付は、夏の大会で四位をとったときのものとほぼ同じ。ブンが配置された場所は、その振付の一番後ろに、新しくできた列の端っこだった。

ブン　「それを見たとき、この付け足し感は何？　ってなって。
でも、それよりなにより、一番強く感じたのは怖さでした。

他のみんなは、その振付でずっと踊ってきている。完成形ができてしまっているんです。なのに、そこへ入っていかなきゃならない。そのことが、ものすごく怖かったです」

一年生・二年生と、先生の期待にこたえるために、精一杯、努力を重ねてきた。その努力にみあう見返りを望むのは、そんなに悪いことだろうか。ずっとずっと慕ってきた、信じてついてきた先生だからこそ、この気持ちをわかってほしい。そう願うのは、それほどわがままなことだろうか。

だが、そのときの裕子《ゆうこ》は、ブンがまさか「そんなこと」で悩んでいるとは、夢にも思っていなかった。

五十嵐「ブンの場所が、前だろうが後ろだろうが、私には同じことでした。前にもお話ししたとおり、チアダンスのセンターには、あまり意味がないからです。生徒たちには、つねづね、『どこにいても、自分がセンターにいるつもりで踊りなさい』

と言っていましたし……」

――先生は、約束を守ってくれなかった。

――あんなにいろいろ我慢《がまん》したのに、最後の最後で裏切られた。

その思いは、それまでブンを支え続けてきた何かを、確実に壊した。

だが、そのときの裕子《ゆうこ》は、いよいよ現実味を増してきたアメリカ行きのことで頭がいっぱいで、最も自分を慕ってくれていた生徒の心の痛みに気づくことはできなかったのである。

第11章

カウントダウン

アメリカ行きをかけた全日本チアダンス選手権大会。(2008 年)
提供：一般社団法人 日本チアダンス協会

二〇〇八年九月五日。

初代JETS《ジェッツ》のメンバーにとって、高校生活最後の学校祭、そして応援合戦が終了した。

だが、JETS《ジェッツ》のメンバーたちに、ゆっくり休んでいる暇はない。

二週間後には、早くも**全日本チアダンス選手権大会**の**関西地区予選**が開催されるのだ。

アメリカ行きを実現するには、まずこの予選を勝ち抜き、十一月末の本選出場を確実なものにしなければならなかった。


二〇〇八年九月二十三日。

大阪府・なみはやドームで開催された全日本チアダンス選手権大会関西地区予選で、JETS《ジェッツ》は、

✔ **一年生チーム**　ポンポン部門優勝
✔ **二・三年生チーム**　チアダンス部門優勝

と二チームそろって優勝を果たし、見事予選を突破した。

第11章 カウントダウン

二〇〇八年十月十九日。

チンの日誌に、

全日本チアダンス選手権大会まであと40日

と、マジックで大きく書かれた文字が現れた。

いよいよ、アメリカ行きを賭けた最後の大会が始まるのだ。

十月中旬から十一月下旬にかけては、大会準備の他にも、中間テスト、指定校の決定、そして推薦入試と、ぎっしり予定が詰まっている。

二〇〇八年十一月二十一日。

大会まであと九日となったこの日、チンは同志社《どうししゃ》大学に合格。翌二十二日には、千代《ちよ》コーチの大会前最後のレッスンがあった。

二〇〇八年十一月二十八日。

明日は東京《とうきょう》へ出発するというこの日、JETS《ジェッツ》は、福井で最後の通し稽古《げいこ》を行った。

この日はギャラリーとして、メンバーたちのクラスメイトの他、PTA会長や福商の教職員たちなど、大勢の人々が体育館に顔をそろえた。

四年前、誰一人応援してくれる人のいない中、裕子《ゆうこ》がたった一人で立ち上げたJETS《ジェッツ》は、今や、多くの人に支持されるチームになっていたのだ。

JETS《ジェッツ》を応援してくれていたのは、福商関係者だけではなかった。

二週間前には、厚木《あつぎ》高校IMPISH《インピッシュ》の顧問、伊藤早苗《いとうさなえ》先生から激励《げきれい》の手紙とストラップが届いていた。また、通し稽古《げいこ》の当日には、金沢《かなざわ》の遊学館《ゆうがくかん》高校からも、優勝祈願のお守りとメッセージが届いている。

そして、舞台はいよいよ東京《とうきょう》へ。

フロリダ行きを賭けた、**全日本チアダンス選手権大会**の本選が始まる――。

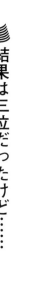

結果は三位だったけど……

二〇〇八年十二月一日。

JETS《ジェッツ》二年・三年生チームは、チアダンス高校生部門で、見事、三位に入賞した。

一年生チームは、ポンポン高校生部門・ラージ編成で十一位。

悲願の優勝こそ果たせなかったものの、全力を出し切り、過去最高の成績をおさめたJETS《ジェッツ》のメンバーたちは、達成感に満たされて大会会場を後にした。

特に、ブンは、長年の重荷から、ついに解放された気分だった。


「全国大会で優勝すれば、アメリカ行きの切符が手に入る」


これまでの三年間、裕子《ゆうこ》はくりかえし、ブンたちに言い続けてきた。

言い換えれば、それは、優勝を逃した今、アメリカの大会に出る望みはなくなったということだ。

だが、ブンの中では、失望よりも、ほっとした気持ちのほうが強かった。

(もう踊らなくていいんだ)

(もう、がんばらなくていい)


ブン　「手術を終えて練習に復帰したとき、五十嵐《いがらし》先生から、

『ブンが踊りで引っ張る時代はもう終わった』

と言われました。踊りではなく、もっと他の、中間管理職みたいな位置でがんばりなさい、って。

当時はそれもショックで、許せなくて、でも先生がそう言うなら、秋の大会《全日本チアダンス選手権大会》まではちゃんとやろう、と思っていました。だから、事務手続きとか、そういうのはちゃんとやってました。大会までは」


その大会が、今、終わった。

やるべきことは、全部やった。結果は三位だったけど、それだって、過去最高のいい成

績だ。私たちには、これが精一杯だったのだ。

(福井に帰ったら、何をしよう?)

とりあえず、朝はゆっくり寝坊して、おいしい物もたくさん食べて……。

「ブン、やっと笑ったの」

チンに声をかけられて、ブンは初めて、自分が久しぶりに心から笑っていることに気がついた。

その、同じ夜。

宿舎である東京《とうきょう》・品川プリンスホテルで、裕子《ゆうこ》は、ついに夢がかなった喜びにはちきれそうになっていた。

生徒たちには、くりかえし、

「全米選手権に出場するには、秋の大会で優勝しなければならない」

と言い続けてきた裕子《ゆうこ》だが、実は、それは生徒たちに気を抜かせないためのウソだった。

本当は、三位までに入賞すれば、アメリカの大会に推薦されるのだ。

（これを言ったら、あの子たち、きっとびっくりするだろうな……）

そう考えただけで、ふふっ、と笑みがこぼれる。

大会の後も、顧問である裕子《ゆうこ》には細々《こまごま》とした用があり、気がつけば、時刻はすでに夜の十一時を回っていた。

だが、いいニュースは当日のうちに伝えたい。

裕子《ゆうこ》は、同行した副顧問の小谷《こだに》先生とともに、生徒たちをホテルの廊下に呼び出した。

昼間の大会で、体力・気力ともに使い果たした生徒たちは、ほとんどがジャージかパジャマ姿だった。時間が時間だっただけに、何人かは寝入りばなをたたき起こされ、半分寝ぼけたような顔であくびをしている。

裕子《ゆうこ》は満面の笑みを浮かべ、

「実は……」

と渡米のニュースを発表した。

大人たちの予想に反して、生徒たちの反応は今ひとつ鈍いものだった。

五十嵐「あのときは、ほとんどの子が疲れすぎてぼうっとしてて、目なんかもう半開きで。（アメリカに行けると）発表しても、最初は『はあ？』って。何を言われているのかわかりません、という感じでした」

それでもマホやサトミ、チンのような生徒たちは、寝ぼけ頭に事実がしみこんでくるにつれ、徐々に瞳が輝いてくる。

「うっそ」

「マジか！」

「信じらんない!!」

そんな中、ブンだけが、冷めた瞳で裕子《ゆうこ》をじっと見つめていた。

校長先生と保護者を説得する

燃えつき、完全に気持ちが切れてしまっていたブンをよそに、裕子《ゆうこ》はまたまた新たな問題に直面していた。

学校関係者と、保護者の説得である。

大会翌日。

福井に戻った裕子《ゆうこ》は、自宅には帰らず、そのまま学校に直行した。

まずは校長室に行き、

「先生、三位になりました」

と報告する。

校長先生の第一声は、

「おお、すごいな」

というものだった。「おめでとう」というトーンではない。「すごいな」と口では言ったものの、これがどれほどすごいことなのか、この時点では、校長先生にはまだわかっていなかったのだ。

「アメリカに行く権利がもらえましたので、行ってまいります」

裕子《ゆうこ》がそう続けると、

「ほう」

と言った校長先生の目が、次の瞬間大きくなった。

「ア、アメリカって、そんな。どうするんや？」

「ですから、行ってきます。今年行かないと、次はもう、いつ行けるかわかりませんので」

「…………」

絶句する校長先生を前に、裕子《ゆうこ》はさらにたたみかけた。

「親御さんのことでしたら、私、ちゃんと説得します。どうか先生、ご許可を」

高校生が、部活で海外に行く場合、教育委員会の許可が必要である。その手続きも、段取りも、このときの裕子《ゆうこ》は知らなかった。

校長先生は、しばらくの間、頭を悩ませている様子だったが、やがて顔を上げて言った。

「それなら、一度、教育委員会に行ってくるか」

五十嵐「ありがたかったのは、校長先生が、途中から『それはすごいことだ』『がんばれ』と、味方になってくださったことでした」

この後も、この校長先生は、裕子《ゆうこ》のために協力を惜しまず、教育委員会の手続きや、保護者に対する説明会の段取りをつけてくれたという。

だが、今度は、説明を受けた保護者たちがあわて始めた。

渡米費用は、一人当たり約四十万円。そのうちいくらかは、学校や自治体からの補助で賄えるものの、生徒たちの自己負担は三十万円近くにのぼる。

そんな大金を高校生が持っているはずもなく、払うのは生徒の親たちだ。

五十嵐「バトン部をJETS《ジェッツ》に変えたときには、年間でどれだけお金がかかるものか、私たちも、まるで見当がついていませんでした。

野球や卓球など、すでに実績のある強豪クラブに入った子の親御さんなら、遠征費など、それなりにお金がかかることも覚悟してくださっていますが、それまでのバトン部は、そこまでお金のかかる部活ではありませんでした。ユニフォームも学校から貸し出す形でしたし。だから、経済的な理由から渡米を断念した子もいました」

九人いた三年生のうち三人が、経済的な理由で渡米を辞退。

裕子《ゆうこ》は、急きょオーディションを行い、空いてしまったポジションに、一年生を入れることで頭数をそろえた。

アメリカには行きません

二〇〇八年十二月二十四日。

クリスマスイブのその日は、ＪＥＴＳ《ジェッツ》メンバーの郵便局のアルバイトが始まる前日だった。

遠征費を少しでも補うために、年末年始は部員全員で、年賀状の仕分けをする。

もともと野球部がやっていたことだが、今年はＪＥＴＳ《ジェッツ》も一緒にやろう。

と、例によって裕子《ゆうこ》が即決したのだ。

その前の週、裕子《ゆうこ》は不覚にもインフルエンザで倒れ、しばらく学校を休んでいた。

数日ぶりに登校し、放課後、ＪＥＴＳ《ジェッツ》の部室に顔を出す。

そこでは、ブンが、一人で荷物をまとめていた。

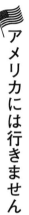

「何をしてるの?」

ブンは、奇妙に静かな表情で裕子《ゆうこ》を見た。

「私、明日からもう来ないんで」

「なんで」

「部活、もうやめるんで」


一瞬、裕子《ゆうこ》の頭がまっ白になった。

(え、何。どういうこと?)

部活をやめる? ブンが?

裕子《ゆうこ》にとって、それは、最も慈しみ、最も信頼していた生徒の裏切りともとれる決別のセリフだった。

全米制覇は、ブンの夢でもあったはずだ。だからこそ、これまで部員たちを引っ張ってきてくれたのではなかったのか。

「部活をやめたら、アメリカに行けないじゃない」

「はい。アメリカには行きません」

第11章　カウントダウン

「…………!!」

その後はもう、押し問答だった。

「よく考えなさい」

裕子《ゆうこ》がくりかえしブンに言い、そのたびに、ブンが、

「考えません」

と答える。

「もう決めたことなんで」

そう言うブンの瞳に浮かぶ決意はゆるぎなく、裕子《ゆうこ》はひどく動揺した。

(ブンがアメリカに来ないなんて。そんなこと、絶対ありえない)

(経済的には行けるはずだ)

(今はヘソを曲げていても、そのうち戻ってくるはずだ)


会話は平行線のまま、どれほど時間がたっただろう。

ついに裕子《ゆうこ》はかんしゃくを起こし、ブンの頬《ほお》をひっぱたいた。

「とにかく、頭を冷やして、もう一度考えなさい。わかった？」

そう言い残し、部室を後にする。

だが、ブンは、その日を最後にＪＥＴＳ《ジェッツ》を去った。

数日後、ユニフォームを返しにきたときが、福商で二人が言葉を交わした最後である。

当時の裕子《ゆうこ》には、ブンがなぜ急にやめたのか、どうしても理解できなかった。

二人が再会し、再び言葉を交わすようになるまでには、その後四年の月日を要することになる——。

第12章

卒業までの日々

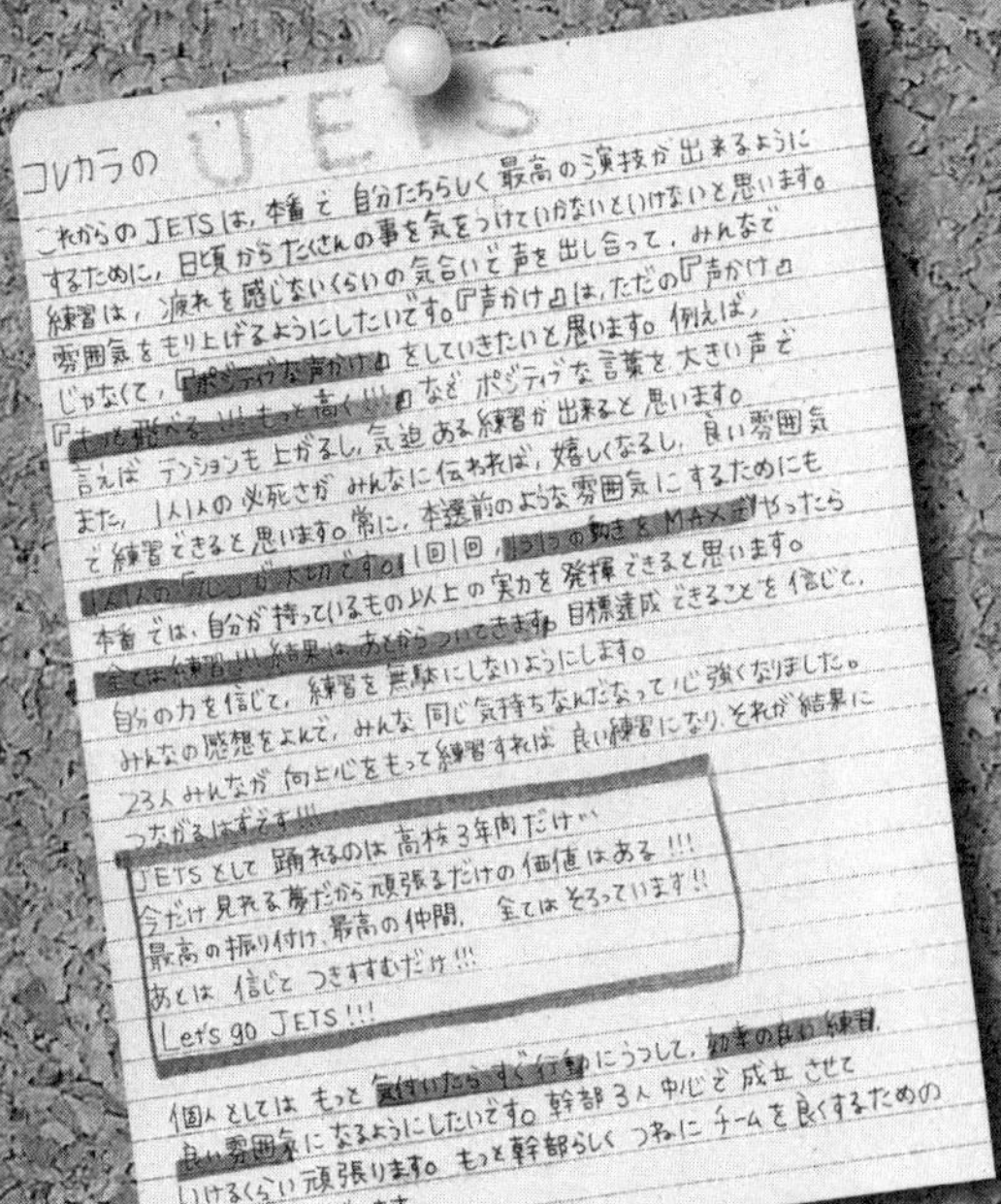

コレカラの JETS

これからのJETSは、本番で 自分たちらしく最高の演技が出来るように
するために、日頃からたくさんの事を気をつけていかないといけないと思います。
練習は、疲れを感じないくらいの気合いで声を出し合って、みんなで
雰囲気をもり上げるようにしたいです。『声かけ』は、ただの『声かけ』
じゃなくて、『ポジティブな声かけ』をしていきたいと思います。例えば、
『もっと跳べる!!! もっと高く!!!』など ポジティブな言葉を大きい声で
言えば テンションも上がるし、気迫ある練習が出来ると思います。
また、1人1人の必死さが みんなに伝われば、嬉しくなるし、良い雰囲気
で練習できると思います。常に、本番前のような雰囲気にするためにも
1人1人の「心」が大切です。1回1回、1つ1つの動きをMAXでやったら
本番では、自分が持っているもの以上の実力を発揮できると思います。
全ては練習!!! 結果はあとからついてきます。目標達成できることを信じて、
自分の力を信じて、練習を無駄にしないようにします。
みんなの感想をよんで、みんな同じ気持ちなんだなって心強くなりました。
23人みんなが向上心をもって練習すれば 良い練習になり、それが結果に
つながるはずです!!!

JETSとして踊れるのは高校3年間だけ!!
今だけ見れる夢だから頑張るだけの価値はある!!!
最高の振り付け、最高の仲間、全てはそろっています!!
あとは信じてつきすすむだけ!!!
Let's go JETS!!!

個人としては もっと気付いたらすぐ行動にうつして、効率の良い練習、
幹部3人中心で成立させて
良い雰囲気になるようにしたいです。もっと幹部らしく つねにチームを良くするための
ことを考えて すごします。
いけるくらい頑張ります。

JETSのこれからに向けた意気込みが書かれたマホの日誌。（2008 年）

最終の振付が確定

二〇〇九年一月。

年末、ブンの退部で激震が走ったJETS《ジェッツ》だが、新しい年が明けるやいなや、三日には早くも千代《ちよ》コーチのレッスンがスタート。無理にでも気持ちを切り替えざるをえなくなった。

全米選手権で踊る曲と振付は、基本的には、前年夏の大会で踊ったものと同じだった。ジャズ↓ヒップホップ↓ラインダンス↓ポンの順に踊っていく。

使用曲は、

リアーナ〝Sell Me Candy〟

ジャネット・ジャクソン〝Sexhibition〟

同じくジャネット・ジャクソンの〝All Nite (Don't Stop)〟など。

だが、千代《ちよ》コーチは、部員たちのレベルアップに合わせ、さらに難しい振りを盛り込んだ構成を持ってきた。

具体的には、スイッチ、アクセルターン、全員でダブル、という三種類のテクニックが加わったのだ。

「スイッチ」は、空中で足を前後に切り替える技。

「アクセルターン」は、軸足でジャンプした後、その足を空中で折り畳み、回転してから同じ軸足で着地する技。

「ダブル」は、ダブルターンで、片足を上げたまま一度に二回転することだ。

これらすべてのテクニックを、全員がぴったりそろった動きでできるようになるまで練習しなければならない。

フロリダ出発まで、残すところ、あと二ヶ月。

裕子《ゆうこ》の、そして初代ＪＥＴＳ《ジェッツ》メンバーたちの、最後の挑戦が始まった。

卒業までの日々

一月二十七日。

チンやサトミたち三年生は、この日最後の授業を終えた。そこからは、強化合宿や地元のお披露目会《ひろめ》など、時間は飛ぶように過ぎていく。


二月八日。

厚木《あつぎ》高校ＩＭＰＩＳＨ《インピッシュ》で顧問をつとめていた伊藤早苗《いとうさなえ》先生が、福商を激励《げきれい》に訪れた。

このとき、伊藤《いとう》先生がＪＥＴＳ《ジェッツ》のメンバーに贈った言葉は、偶然にも、裕子《ゆうこ》の信念と同じ、

「夢はかなう」


だった。

この前後から、ＪＥＴＳ《ジェッツ》には、地元のテレビ局や新聞社など、立て続けに取材の依頼が舞い込むことになる。

厚木《あつぎ》高校・ＩＭＰＩＳＨ《インピッシュ》に続き、福井商業高校《ふくいしょうぎょう》・ＪＥＴＳ《ジェッツ》のアメリカ遠征が、世間で話題になり始めているのだ。


二月十七日。

チンの日誌に「あと15日」の文字が出現する。いよいよ最後のカウントダウンである。

二月二十一日・二十二日。

千代《ちよ》コーチが福井入り。再び振りを変更し、全体のチェックを行った。

このとき、千代《ちよ》コーチに注意されたことは、

「ラインダンスで、脚を上げる高さが全体的に低い」

全力で踊り続ける二分半は長い。特に、ラインダンスは構成の後半に配置されることが多く、たまってきた疲労から、足を蹴り上げる力が弱くなりがちだ。

時間いっぱい踊りきるための体力作りが、メンバーの直近の課題となった。

二月二十五日。

先日、福井を訪れた伊藤早苗《いとうさなえ》先生から、「JETS《ジェッツ》の皆さんへ」と題した手紙が届いた。

JETSの皆さんへ

本日は可愛いいミニーちゃんの便箋と封筒、そしてLoveLove愛の切手のお手紙ありがとうございました。大事に大事に保管しておきますね。

念願かなって福井商業高へ行けたこと、そして皆さんの元気で熱心な練習を見せてもらい、大変嬉しく思っています。

チーム一丸となって福井のJETSの演技を本場で披露して来て下さい。
チアスピリッツを沢山感じて下さい。

体調管理は各自の責任。一人の不調はチームの不調になります。気をつけましょうね。

五十嵐先生は承知のように超多忙中です。皆さん自分達で出来ることはどんどんやっていると思いますが、アメリカでもその調子でお願いします。

香港から孫や娘と応援しています。

2月25日 1時。

伊藤早苗

二月二十八日。

アメリカ行きまで、残すところあと四日。

海外旅行は今回が初めて、という子が大半だったJETS《ジェッツ》のメンバーたちは、荷造りに悪戦苦闘していた。

三月三日。

福井商業高校、卒業式。

初代JETS《ジェッツ》のメンバーは、三年間の高校生活に終止符を打った。

だが、チンの日誌には、びっしりと部活の反省が書かれている。

なんと、彼女たちは、卒業式の日も練習していたのだ。

アリサ「卒業式の翌日が出発でしたから。五十嵐《いがらし》先生が、『三年生は、泣くだけ泣いたらこっち来なさい』って言って、卒業式が終わった後、そのまま体育館に集合して、軽く練習をしました。一、二時間だけですけれど」

この日、チンが書いた日誌の最後は、力強くこうしめくくられている。

「次、書くときは全米制覇！　グランプリの文字をここに書きます!!!　よっしゃ〜!!!」

そして、そのページの最後には、ピンク色の小さなカードが、大切そうに貼られていた。

フロリダ、USAがんばってね。
みんなのこと、ズーット応援してます♥

ぶん

※文中すべて原文ママ

第13章

二〇〇九年三月
フロリダ州
オーランド

全日本チアダンス選手権大会後に3位の楯とともに記念撮影する、
五十嵐先生と初代JETSの部員たち。（2008 年）

出発直前、メンバーの一人が発熱

二〇〇九年三月四日。

見送りの人々に囲まれて、裕子《ゆうこ》は、生徒と、今回の大会に同行してくれる千代《ちよ》コーチほか、引率の先生方とともに成田《なりた》空港にいた。

全米選手権で踊るメンバーは、三年生五人、二年生が十一人、一年生四人の、総勢二十名である。

ついに、夢の全米大会へ向けて飛び立てる。その喜びに、裕子《ゆうこ》の胸ははちきれそう――というわけには、いかなかった。

アメリカで踊るメンバーの一人、ある二年生の子が、熱を出していたのである。

今でこそ、大会のための補欠も用意できるようになったＪＥＴＳ《ジェッツ》だが、当時は、一人でも欠かすわけにはいかなかった。

仮に補欠がいたとしても、どのポジションが抜けても即座に踊れる、というわけにはいかない。

五十嵐「ですから、メンバーに選ばれたら、何としてでも大会に出て、踊ってもらわなければならないんです。これは毎年のことですが、体調管理には、最後まで気を抜くことができませんね」

発熱した二年生は、飛行機の中で、ずっとおでこを冷やしながら休ませていた。
幸い、熱は大したことがなく、その子は無事に出場することができたという。

同日、夜。
裕子《ゆうこ》と、JETS《ジェッツ》の二十名の生徒たちは、ついにフロリダの地に降り立った。
二〇〇四年の春、『ズームイン』でIMPISH《インピッシュ》を見て、

いつか、こんなチームを作ってアメリカに行く！

と、強く思ったあの日から、五年の月日がたっていた。

五十嵐「最初は十年かかると思っていたのに、五年で行くことができた。これはもう、本当に、奇跡としかいいようがないですね」

ところが——。

ここへきて、生徒たちのほうに異変が起きた。

初めての海外で

ほとんどの部員たちにとって、これは、生まれて初めての海外旅行、生まれて初めてのアメリカである。

宿泊先のホテルに到着したメンバーたちは、完全に浮足だっていた。

裕子《ゆうこ》の指示が通らない。

翌日からのスケジュールを説明する間も、きょろきょろしたり、おたがいにつつきあっておしゃべりしたり――。

同じ大会でも、国内に遠征するときとは、明らかに様子が違ってしまっている。

(まずいな……)

そう思いながらも、裕子《ゆうこ》はその場は何も言わず、生徒たちを解散させた。


ＮＤＡ、全米チアダンス選手権大会には、この年、全米中の予選を勝ち抜いた、合計百六十二チームがエントリーしていた。

ＪＥＴＳ《ジェッツ》は、全三十チームで勝敗を競う**チームパフォーマンス部門**の中の、**ラージディビジョ《編成》ン**に出場する。大会の中でも、強豪が集まることで名高い花形部門だ。

初日は、三日後の三月七日。

それまでに、ＪＥＴＳ《ジェッツ》のメンバーは時差ボケを直し、アメリカの気温に体を慣らし、万全の態勢で踊れるように、心身の両面を整えておかなければならなかった。


三月五日。

到着から一夜明けても、生徒たちは、相変わらず、どこか浮ついたムードのままだった。

その日の予定は、会場の下見と直前の練習。

三月上旬、福井県の平均最低気温はマイナス四度。平均最高気温は二十度前後。

一方、会場のあるフロリダ州オーランドでは、平均気温の最低が十三度。最高が二十六度と、ほとんど初夏に近い陽気である。

強い日差しと、慣れない場所での練習に、チンの日誌には、

「いつものJETS《ジェッツ》らしく踊ることができませんでした」

と珍しく弱気なコメントが見える。


その間、裕子《ゆうこ》をはじめとする引率役の大人たちは、大会までの練習場所の確保や、メンバーたちの食事の手配に走り回っていた。

相変わらず、生徒たちの浮ついた様子が気にはなっていたものの、裕子《ゆうこ》にとっても初の全米大会である。やることが山のようにありすぎて、

（もう、いいか）

と、その日も生徒たちの行動には目をつぶってしまった。

三月六日。
——予選、前日。
裕子《ゆうこ》の目には、相変わらず、生徒たちがたるんでいるようにしか見えなかった。
国内大会に出ているときとは、生徒たちの雰囲気がまるで違う。
感じられないのだ。
緊張感が。

五十嵐「自分たちは、もう目標を達成したんだ、アメリカに来ることができて、目標は達成できたんだと、そう勘違いしているように見えてなりませんでした」

高校生だもの、仕方ない——などと、甘いことは言ってはいられない。
(せっかくここまでやってきたのに)
あなたたち、何のための三年間だったのかわかってる？

なんのために、ここまで練習してきたかわかってる？
アリサでも、マホでも、誰でもいい。早く、自分たちの勘違いに気づいてほしい。
そう思いながら、裕子《ゆうこ》はずっとじりじりしていた。

先生、あの子たち、変わりましたから

そして、その日の夕方。
宿泊先のホテルで、練習後のミーティングをしていたときのことだった。
サトミが、一つ下の仲のいい子とふざけていた。
これもまた、いつもの全国大会なら、絶対にありえないことである。
ついに、裕子《ゆうこ》は爆発した。
「あなたたち。何のために、ここに来てるかわかってる？」
え、という顔で、裕子《ゆうこ》のほうを見る生徒たち。
裕子《ゆうこ》の声が、思いのほか、静かだったせいかもしれない。
サトミと、一緒にふざけていた下級生の女の子だけが、

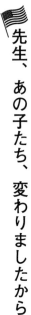

（やばい）

という顔で、あわててピッと背筋を伸ばした。

「こんなことするために来たわけじゃないよね？　ここに着いたときから、ずっと黙って見てきたけれど。でも、もうダメ。ありえないわ、あなたたち」

もう知らん！

そう言い捨てて、裕子《ゆうこ》はミーティングルームを後にした。

五十嵐「あのときの私は、もう完全に頭にきていて、あんな状態なら、もう踊らなくていい！　くらいに思っていました。ですが、一緒に引率に来てくださっていた副顧問の小谷《こだに》先生、それと、以前にバトンのコーチをしてくださっていた辻廣《つじひろ》先生という方が、心配して、生徒たちにいろいろ言ってくださったんですね」

その夜のことを、副部長のアリサ――ブンが抜けた後は、実質、部長の役割をこなしていた――は、次のように振り返る。

アリサ「小谷《こだに》先生と辻廣《つじひろ》先生に、『こんなことでいいの？』『違うでしょう？』って熱く叱られて、それで私たちも『そうだよね、ここまで来て』って切り替わって。翌日が予選でしたけど、夜遅くまで、練習のときに撮ったビデオを見直しました。やるだけやろう、って。みんなで」

生徒たちの反省会は、アメリカ時間の深夜十一時にまでおよんだ。ついに、辻廣《つじひろ》先生がやってきて、

「明日のことがあるから、もう寝なさい」

と言われても、「まだやりたい」と言ってがんばった。

彼女たちは、ようやく本気モードになったのだ。

その様子を見届けてから、小谷《こだに》先生と辻廣《つじひろ》先生は、裕子《ゆうこ》の部屋のドアをそっとノックした。

「五十嵐《いがらし》先生、大丈夫ですよ。あの子たち、ちゃんと変わりましたから」

第13章　二〇〇九年三月　フロリダ州オーランド

暗がりの中で

三月七日。

いよいよ今日から、大会の予選が始まる。

この朝、決められた集合場所に、裕子《ゆうこ》は姿を見せなかった。

集まったＪＥＴＳ《ジェッツ》のメンバーたちは、たがいに顔を見合わせる。

（先生来ない）

（どうしよう）

（見捨てられた？）

その間にも、時間はどんどん過ぎていく。

「――行こう」

そう言ったのは、アリサだった。

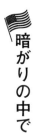

「時間だから。先生来てないけど、行かなくちゃ」

ホテルから会場までは、水上バスに乗って行く。

暗い顔でバスに乗り込むメンバーたち。

そんな中、サトミだけが、唇をきゅっと引き結び、まっすぐ前を向いていた。

前日の夜、五十嵐《いがらし》先生が怒ったのは、自分のせいだ。

(だけど、ステージで踊るのは、うちらだし)

ゆうべはゆうべ。今日は今日。

切り替えていこう、と決心した。

サトミがあまり動揺せずに済んだのは、ひとつには、ここへ来るまでの三年間、裕子《ゆうこ》が何度となく見せ続けたIMPISH《インピッシュ》のビデオのおかげもあった。

サトミ「アメリカ行っても、水上バスに乗っても、全部ビデオで見たとこばかりで、『あ、ここ知ってる』『見たことある』ってなるんですよ。
頭の中に、完全にイメージができちゃってる感じ。だから、ホテルについたら芝生のところで練習して、水上バスにはここから乗って、って、誰に言われなくてもわかるんです。会場の下見に行ったときも、『ああ、IMPISH《インピッシュ》さんが踊ってたステージだ』って。

なんか不思議な感じでした。うちら、今、あのビデオの中に入っちゃってる？　みたいな」

この大会のための振付で、サトミは、最初の曲でセンターを踊ることになっていた。

（大丈夫。できる）

初めて来たアメリカだけど、踊るのは、自分たちがよく知っているステージだもの。

イメージは、完全にできているもの。

このときのサトミは、まだ知らない。

この後の予選のステージで、大きな罠が待ち受けていることを——。

そのころ。

水上バスが通る川沿いの道を、裕子《ゆうこ》は一人、歩いて会場に向かっていた。

今はまだ、生徒たちと一緒のバスに乗り込む気分ではなかったからだ。

JETS《ジェッツ》の出番は午後からだが、大会は朝から始まっており、出場カテゴリーによっては、すでに本選を終えたチームもある。

そんなチームのひとつが、午前中に優勝したのだろう。日差しに輝くトロフィーを持って、はしゃぎながら裕子《ゆうこ》とすれちがっていった。


そのとき。

(あ。私、これ、もらえちゃうんだ)


それは不思議な感覚だった。

あの子たちが、きちんと踊れば絶対勝てる。

予感、ではない。

裕子《ゆうこ》の中で、それは、すでに揺るぎない確信となっていた。

五十嵐「なぜかといいますと、アメリカのチームが、どこも、それほどそろえてきていないんですね。日本人チームの良さは、とことんまで極める協調性というか。アメリカ人のチームというのは、本当に、個人の演技がすごいんですが、JETS《ジェッツ》ほどピタッとそろっているチームがなかったんです。これは、ちゃんとやれば勝てるぞ、ここは絶対勝ちにいきたい！　と思いました」

水上バスを降りたJETS《ジェッツ》のメンバーたちは、会場前に立っている裕子《ゆうこ》の姿を見るやいなや、安心感に包まれた。

（よかったぁ！）

（先生、待っててくれた）

（見捨てられたわけじゃなかったんだ）

だが、裕子《ゆうこ》の顔を見るかぎり、完全にみんなを許してくれたわけではなさそうだ。

（ちゃんとしなくちゃ）

副部長のアリサは思う。

（みんなの気持ちを、本番までに練習で変えよう。みんな、予選でちゃんと踊って、先生

や千代《ちよ》コーチに見てもらおう）

リハーサル会場で、できるかぎり練習を済ませたＪＥＴＳ《ジェッツ》は、そこから大会の行われる本会場に移動する。

日本と違い、アメリカでは、リハーサルをする会場と、審査の行われる本会場が、まったく別の建物なのだ。

サトミがパニックに襲われたのは、そのときだった。

リハーサル会場の中までは、頭の中に映像があった。

初めての場所でも、映像の中でＩＭＰＩＳＨ《インピッシュ》がやっていたとおりに練習し、ＩＭＰＩＳＨ《インピッシュ》が通った道を通って会場に来た。

まるで、切れ目のないベルトコンベアに乗っているようだった。練習は、もちろん全力でやる。その他の部分は、頭の中の映像どおりにやっていれば大丈夫。

だが、本会場に入ったとたん、その映像が途切れたのだ。

第13章　二〇〇九年三月　フロリダ州オーランド

ビデオには、会場入りしてからステージに出るまでの部分が映っていなかった。

日本の大会では、順番待ちをするチームは、前のチームの演技が終わるまで、同じ体育館内の、明るく見通しのいい場所で待機する。

待機場所の後方には、ステージと同じ仕様のマットが敷いてあり、そこでぎりぎりまでアップをしたり、不安な部分を練習したりすることもできる。

「次です。準備してください」

と、声をかけてくれるスタッフもいる。もちろん、日本語を話す日本人のスタッフだ。

だが、ここアメリカには、日本語を話すスタッフなど一人もいない。何もかもが英語だし、日本でのように、いちいちどうすればいいか教えてくれることもない。

くわえて、出場者の待機場所は、ステージのすぐ裏の、真っ暗な場所だった。

(うそ。アップができない⁉)

サトミはあおざめた。

選手たちは、狭い通路のようなところに、チームごとに並べられ、前のチームが終わるたびに、順番にステージに押し出されていく。

サトミ以外のメンバーも、動揺しているのがはっきりわかった。下級生たちはざわざわしているし、「落ち着いて」とそれをなだめるアリサの声も、心なしかいつもより高いようだ。マホはポーカーフェイスだが、ひっきりなしに深呼吸をくりかえし、チンはきょろきょろしながら、「大丈夫だよね。ね?」と、サトミに話しかけてくる。

(やばい)

その日、サトミは、直前のリハーサルで、最初のピルエット(片足を上げ、もう一方の足を軸にして回転するターン)を失敗していた。その部分を、ギリギリまで練習するつもりだったのに。

日本ならそれができるのに、

(できない。このまま予選に出るんだ)

胸が、ドキドキしてきた。

回れるかな。

大丈夫かな。ちゃんとできるかな。

うち、センターなのに。

(ダメだって。こんな気持ちでステージに出ちゃ)

だが、そう思えば思うほど、頭の中が不安と心配でぬりつぶされていく。

回れるかな。回れるかな。回——……。

「サトミ！」

声をかけてきたのが、アリサだったか、マホだったか。

気がつくと、すぐ前にいたはずのチームがいなかった。

（出番！）


ＪＥＴＳ《ジェッツ》のメンバーたちは、無我夢中でステージに飛び出した。

最初にセンターで踊る、サトミを真ん中に位置につく。笑顔で。

どんなにあせっていても、笑顔で。

チアリーダーは、つねに笑顔で、人を応援し、元気づけるものだから——。

そうしながら、サトミは、すばやく客席を見渡して「目印」を探した。

最前列で踊る子の前には、当然ながら何もない。前にいる子を基準にして踊る、ということができないのだ。

だから、客席で目についた誰かの帽子や、奥に見える柱など、何か目立つものを、ターンやジャンプの目印にする。

ところが――。

サトミ「見えないんですよ。アメリカだと。ステージがすごくライトアップされてて、客席が真っ暗なんです。だから、パッと見ても何もなくて、上を見てもライトしかなくて、だからもう不安しかなくて、ひとつ前にターン失敗してるし、だからターン回りきらなきゃ、とか、次はジャンプ回れるかなとか、場所は大丈夫かなとか、そんなことばっかりで、本当はやっちゃいけない精神状態で、予選に出ちゃったんです」

ああ、曲が始まっちゃった。

頭の中がぐちゃぐちゃのまま、サトミは踊りだした。前奏が終わってすぐ、最初のピルエットがくる。さっき、リハで失敗した――。

(だから、そういうの考えちゃダメだって!)

第13章　二〇〇九年三月　フロリダ州オーランド

ピルエット！
「……っと」
暗がりに沈んだ客席で、裕子《ゆうこ》は小さく声をもらした。
サトミが、最初のピルエットをミスったのだ。
（大丈夫。いけるいける）
そのくらい、大したミスじゃないよ。
心の中でエールを送りながら、しかし、裕子《ゆうこ》の顔は次第にくもっていった。

五十嵐「生徒たちが、自分の持っているものを全然出しきれてなかったんです。予選ではありがちなんですが、迫力がないんですね。どこか萎縮して、遠慮がちに踊っている。爆発するようなものが、まるでない」

このときの裕子《ゆうこ》は、舞台裏でサトミたちを襲ったパニックのことなど知るよしもない。
仮に知っていたとしても、

「それでも、ちゃんと実力を出せるのが一流のチームです」

と、生徒たちを叱咤《しった》したことだろう。

とはいえ――。
フタを開けてみれば、JETS《ジェッツ》は、その日の予選を無事通過していた。

本選前夜に振付を変更

予選に出たチームには、「ジャッジメントシート」というものが渡される。

ポン。ヒップホップ。ジャズ。ラインダンス。それぞれのカテゴリーの点数と、審判《ジャッジ》たちのコメントが書かれたプリントである。

JETS《ジェッツ》に対するコメントは、

ポンダンス。もっと細かいカウントでアレンジが欲しい。

第13章　二〇〇九年三月　フロリダ州オーランド

というものだった。

アメリカの大会では、日本よりも、細かいアレンジが好まれるのだ。

「わかりました。振りを変えましょう」

千代《ちよ》コーチが決断したときには、すでに夜になっていた。

裕子《ゆうこ》が宿泊先のホテルに頼み込み、ホテル前の芝生を練習場に使わせてもらう。

新しい振りで、練習が始まった。


変わった部分を重点的に、何度も何度も踊り込む。

もともと実力のあるマホや、カンのいいサトミなどは、すぐに新しい振りにも順応するが、そこまで経験のない下級生たちは、何度やっても誰かが間違える。

(大丈夫？　これ、元の振りに戻したほうがよくない？)

そんな不安を感じながらも、誰ひとり、文句を言ったり、あきらめたりする子はいなかった。

同じころ――。

裕子《ゆうこ》は、生徒たちの健康管理と、スケジュールの確認に余念がなかった。

ダンスの指導は、千代《ちよ》コーチがしてくれる。

本番で踊るのは、あの子たちだ。

だから、自分は一歩引いて、彼女たちのサポート役に徹する。

あの子たちが、今までやってきたことを本番で全部出し切れるように、コンディションを整える。

(それが、私の使命だ)


その夜、一人ひとりが、それぞれのできることに全力を尽くしていた。

そして、いよいよ本選の日の夜が明ける——。

第14章

あの日見た、あの場所へ

フロリダにてNDA 全米チアダンス選手権大会を前に
円陣を組む部員たち。（2009 年）

シューズ事件

三月八日。
チンの日誌には、この日の予定が次のように書かれている。

九：〇〇～　練習　振り確認　千代《ちよ》先生（二〇分までストレッチなど）
一〇：一〇～　昼食　ブドウ糖
　　　　　メイク
一三：三五　バス出発!!!
一四：〇四　ウォームアップ　化粧《けしょう》、スパン
　　　　　移動前　アミノ粒・クレアチン・ブドウ糖

事件は、バスに乗ってリハーサル会場に到着し、みんながウォームアップしている最中におきた。
「先生」

裕子《ゆうこ》が振り向くと、一年生の子が、張りつめた顔をして立っていた。
「なに？」
「シューズ、忘れました。ホテルに」
シューズ、忘れました？　ホテルに？
一瞬、めまいにも似た衝撃が、裕子《ゆうこ》の頭を駆け抜けていった。
（いや、待て。落ち着け）
強いて、自分の考えを、現実的なほうに振り向ける。
今からホテルに走っても間に合わない。
一人だけ、はだしで踊らせるわけにもいかない。
（全員、はだしで踊る？）
統一感を考えれば、それしかない。
（うん。全員、はだしだな）
即座に覚悟を決めた裕子《ゆうこ》が、みんなに指示をだそうと口をひらきかけたとき。

「先生、シューズあります！」

と、手をあげた子がいた。

「あたし、二足持ってます！」

「何センチ！」

かみつくように裕子《ゆうこ》が聞くと、

「23・5センチです！」

「あ、あたしも！」

靴を忘れた一年生が叫ぶ。

五十嵐「サイズがぴったりなのを、たまたまその子が持っていたんですね。
『やった！』って言って、それを履いて出ました。
もうね、『シューズないって、どういうこと!?』って」

その後は大きなトラブルもなく、メンバーたちは全員、ウォームアップとメイク直しを終えてそこを出た。

現地時間、午後二時五十一分

いよいよ、JETS《ジェッツ》が舞台に上がるときがきた。

裕子《ゆうこ》と千代《ちよ》コーチにつきそわれ、ステージのあるフロアへ向かうメンバーたち。

決勝戦には、前日の予選を勝ち抜いた、上位五チームだけが出場する。

この先は選手しか入れない、というところまで来ると、JETS《ジェッツ》のメンバーたちは、自然に円陣を組んだ。

練習前や、大会でステージに出る前に、いつもしているセレモニーだ。

みんなで輪になって肩を組み、メンタル係のチンが、そのときどきで作ってくる替え歌を歌う。

このとき歌ったのは、こんな歌だった。


JETS《ジェッツ》で踊るって～

楽しくて、幸せ！
仲間を信じて今日も
Let's Go
心込め
Let's dancing

「シャー！」

気合を入れるための掛け声で歌をしめくくり、円陣を解く。

裕子《ゆうこ》と千代《ちよ》コーチが、すぐそばでみんなを見つめていた。


――と。


千代《ちよ》コーチが、ふいにアリサに近づき、ハグをした。

「アリサならできる。がんばって」

耳元でささやかれ、アリサは息をのむ。

続いて、千代《ちよ》コーチは、マホの目をのぞきこんだ。

（わかってる。マホは、ほんとにダンスがだあい好き、なんだよね）

ほほえんだ千代《ちよ》コーチの目が、そう言っているようにマホには思えた。

そして、ハグ。

「うんと楽しんでおいで」

この瞬間のことを、たぶん、自分は一生忘れない。

マホは、そっと目を閉じた。千代《ちよ》コーチのまなざしを、自分の目の中に閉じ込めるように。


（うわあ、今、うち、千代《ちよ》先生とハグしてる！）

チンは、信じられない思いでいっぱいだった。

初めて福井に来てくれたあの日からずっと、千代《ちよ》コーチはみんなの憧れだった。

かっこいいし、かわいいし、ウェアはいつも素敵だし、ダンスは最高だし、そんな人にハグされて、これはもうやるっきゃない！　と気力がみなぎってくる。


「サトミのダンス、大好きだよ」

ハグとともにそう言われたサトミは、一気に自分が無敵モードになるのを感じた。

昨日の予選は、動揺したせいで、あんなことになってしまったけれど、今日はもう揺るがない。一度、様子がわかってしまえば、こわいことなんて何もない！

その後も、千代《ちよ》コーチは、出場する全員を、ひとりずつハグしながら、短く言葉をかけていった。


千代《ちよ》コーチと生徒たちを、裕子《ゆうこ》は少し離れたところで、腕組みしながら眺めていた。

（ああ、スイッチが入ったな、この子たち）

生徒たちの顔つきも、雰囲気も、予選のときとは全然違う。

（これはもう、私は何も言わなくていい）

あとはもう、見守るだけでいい。

いい顔になった生徒たちが、ステージ裏に消えるのを見送ってから、裕子《ゆうこ》は千代《ちよ》コーチとともに観客席に戻った。

そう、あとはもう、待つしかない。

信じるしかないのだ。

あの子たちのすべてを。

夢見た場所で

"From Japan,Fukui Commercial High School,JETS!"《日本・福井商業高等学校・JETS!》

場内に響き渡る英語のアナウンスを、裕子《ゆうこ》は千代《ちよ》コーチをはじめ、同行した先生方と、観客席で聞いていた。

なんだか不思議な感じがした。

テレビで。ビデオで。

何度となく見てきたこの場所に、今、自分たちがいる。

(来たんだ。ここに)

本当に。

あの日、夢見た場所に来た。

前奏が流れ、曲が始まる。
そうして、あの子たちが踊りだしたとたん――。
順位のことも。
優勝のことも。
裕子《ゆうこ》の頭から消え去った。

(すごい)
この子たちは、本当にすごい。
裕子《ゆうこ》の胸に、感動とも、感謝ともつかない思いがこみあげてくる。
(ありえないところまで、本当に来た)

本当に、夢はかなうんだ――。

ただそれだけを思いながら、裕子《ゆうこ》は、彼女たちのダンスを見つめていた。

そして――……。

やがて、すべての演技が済むと、チームパフォーマンス部門・ラージディビジョン《編成》の決勝に出場した五チームの選手たちが、全員、ステージに集められた。

順位の低いチームから、順にチーム名が呼ばれ、呼ばれたチームはステージをおりていく。

ここで呼ばれるということは、負けたことを意味するのだ。


裕子《ゆうこ》は、かたずをのみながら、客席からその様子を見守っていた。

最初に呼ばれたチームが、ステージをおりていく。

(うん。あのチームよりは上手かったよね)

次のチームが呼ばれた。

(そうそう。あのチームよりも上手かった)

ステージには、もう、三チームしか残っていない。

(いける。いけるよ。もしかして……)

三番目に呼ばれたチームも、ＪＥＴＳ《ジェッツ》ではなかった。

と――。

ふいに、会場に流れる音楽が変わった。

みんなの期待をあおるような、どきどきするような曲になる。

ステージに残っているのは、ＪＥＴＳ《ジェッツ》と、あとアメリカの一チームだけだ。


このうち、どちらかが優勝する。


アメリカの選手たちは、うつむいて目を閉じていたり、祈るように両手を握り合わせたりしていた。

一方、ＪＥＴＳ《ジェッツ》の子たちは、なぜか全員、舞台の上で正座している。

（なんか、可愛《かわい》い）

裕子《ゆうこ》は、ふっとほほえんだ。

おなじころ。

ステージ上のメンバーたちは――。


（がんばったよね。やるだけのことは、やったよね）

アリサは、頭の中で、くりかえし自分に言い聞かせていた。

福井からここにたどりつくまで、応援してくれた、たくさんの人たち。

その人たち全員に、精一杯、「ありがとう」と言うつもりで踊った。

自分では、もうこれ以上はできない、というところまでがんばった。

部長のブンが抜けてからは、ＪＥＴＳ《ジェッツ》のリーダーとして、みんなをまとめてきたつもりだ。

できるかぎりのことはした。だから――……。

（後悔しない。たとえ二位でも）

だが、そう思うそばから、心の中で小さな声がする。

（だけど、せっかくここまで来たんだもの――）


（勝ちたい）

マホは、唇をきつくかみしめていた。

仲間たちと、みんなでここまでがんばってきたから。

とか、
これまでずっと応援してくれた両親や友達、五十嵐《いがらし》先生や千代《ちよ》コーチの喜ぶ顔が見たいから。

という気持ちは、もちろんある。

けれど、マホには、それ以上にシンプルな（勝ちたい）という思いがあった。

（だって、このために戦ってきたんだもの）

（このために、練習してきたんだもの）

踊ることが、好きだった。

好きだから、誰よりも上手くなりたかった。

そのためなら、どんな努力も惜しまなかった。

ここで優勝するということは、ここまでマホが積み上げてきたすべてに、
イエス
という答えが出ることだ。

(勝ちたい)

(勝ちたい——!)

(——ていうか)

サトミは、もぞもぞと身動きした。

正座している足の下には、さっきまで踊っていたステージがある。

(マジで、信じられないんですけど)

何だかもう緊張しすぎて、気を抜くと変な笑いが出てきそうだ。

自分がうまく踊れたのかどうか、正直言って、よくわからなかった。

(予選のときよりは、全然うまくできたと思うけど)

ステージ裏ではアップができないことも、客席が真っ暗で目印がないことも、あらかじめ知っていれば、どうってことなかった。

踊っている間じゅう、テンションはものすごく上がっていたけれど、その一方で、妙に冷静というか、どこか冷めた部分もあって、

(あー、これでホントに最後なんだ)

とか、
真っ暗な観客席から、わあっという歓声や拍手が起こったときには、
（ひょっとして、うちら、かなりいいセンいっちゃってる？）
なんて思ったことを覚えている。
これは、もしかして、もしかすると。
（うちら、優勝しちゃうかも……）
そうなったら、すごい。マジですごい！
——と。
誰かが、サトミの腕をぎゅっとつかんできた。
チンだった。

（ああ、もう）
正座したままサトミにしがみつきながら、チンはすでに泣きそうだった。
さっきから、心臓がドキドキしっぱなしだ。
今、ここに、このステージにいる、ということが、いまだに信じられなかった。

（でも、踊っている間は楽しかったなぁ！）

観客の人が、すごいグアーーッて盛り上がってくれて、一緒に踊ってるーーって感じがすごくして、本当に楽しんで踊ることができた。

（何かもう、ほんと）

ありがとう。

これまでずっと応援してくれた人たちに。

両親に。

千代《ちよ》先生に。そして、五十嵐《いがらし》先生に。

みんなで一つになって、こんなにすごいステージで、踊れるようにしてくれてーー。

まぶたの裏が、涙でつうんと痛くなる。

（これで優勝、なんてことになったら、うち、どうなっちゃうんだろう？）

もしも、本当に優勝したらーー……。

二位のチームの名前が呼ばれた。

（うちら……じゃ、ない）
（違うよね？　今、呼ばれたのって）
（あたしたちの名前じゃなかった）
（て、ことは……）
ステージの上で、ＪＥＴＳ《ジェッツ》のメンバーは顔を見合わせた。
（優勝!?）
（マジで!?）
やった！　優勝だ――!!

アリサ「キャー！　って言いたいんですけど、そこにはまだ二位のチームがいるので、そこで喜んじゃいけないんです。だからみんな、ちょっと待って、ちょっと待って、みたいに我慢《がまん》して」

だが、観客席には、そんなルールは存在しない。
二位のチームが呼ばれたとたん、裕子《ゆうこ》は、まわりの先生方と抱き合って号泣していた。

この日、全五チームで争われた決勝で、ＪＥＴＳ《ジェッツ》は九・二七二という高得点をマーク。見事、グランプリを獲得した。


五十嵐「決勝のときは、もう、本当に『見守る』という感じですね。神頼みといいますか、みんな、絶対できるよ！　って祈るしかない。

そこまでいったら、もう、私の仕事はありません。

いつもそうですが、生徒たちをアメリカに連れて行くと、やれやれと思うんです。

私の仕事、ほとんど終了、って。

アメリカに行くまでが、やっぱりいつも大変なので」


ＪＥＴＳ《ジェッツ》結成から三年目。

夢の全米制覇の達成である。

初代ＪＥＴＳ登場人物のその後

三田村真帆《みたむらまほ》（マホ）

卒業後、上京してさまざまなダンススタジオでレッスンを受ける。その後、前田千代《ちよ》コーチが代表理事をつとめる日本チアダンス協会《JCDA》に公認インストラクターとして所属。現在は千代《ちよ》コーチの後を継いで、ＪＥＴＳ《ジェッツ》のコーチと振付をつとめている。

牧田萌《まきだめぐみ》（チン）

卒業後、同志社大学に入学。福井テレビ制作部を経て、現在は営業部に所属。

二〇一四年、ＪＥＴＳ《ジェッツ》　ＯＧからなるチアダンスチーム「Ｖｅｎｕｓ《ヴィーナス》」を結成し、現在も最年長メンバーとして活動中。

Ｖｅｎｕｓ《ヴィーナス》は二〇一六年、マホの振付で全日本チアダンス選手権大会に出場。CheerDance 部門・一般編成で初入賞、第三位を獲得した。

中川怜美《なかがわさとみ》（サトミ）

卒業後、チアの名門・桜美林《おうびりん》大学に入学し、ソングリーディング部CREAM《クリーム》に所属。JETS《ジェッツ》での経験を活かし、ここでも中心メンバーとして活躍する。現在は東京《とうきょう》・横浜《よこはま》・千葉《ちば》でのチャータークルーズ会社に勤務。

山田亜梨紗《やまだありさ》（アリサ）

卒業後、専門学校に進学し、歌とダンスを勉強。現在も夢を追いかけてレッスンにはげんでいる。

文倉綵香《ふみくらあやか》（ブン）

卒業後、関西の大学に入学。JETS《ジェッツ》を退部したとき、一度は捨てた夢ノートを、大学時代から再びつけ始める。
大学四年のとき、英語の教育実習生として福商を訪れ、裕子《ゆうこ》と再会。
現在は航空会社のCA《キャビンアテンダント》となり、国内外を飛び回る毎日を送っている。

ブン

ピンポン♪

通知音とともに、ブンのスマホに、実家の母からＬＩＮＥが届いた。

『ＪＥＴＳ《ジェッツ》、アメリカで優勝したって』

引越しのダンボールを開く手を止め、ブンはしばし、そのメッセージに目を落とす。

大学にかようために、福井からここ、神戸《こうべ》市内のアパートに越して来たのは、つい昨日のことだった。

ピンポン♪

再び通知音が鳴り、画面に新たな吹き出しが現れる。

『あなたも行けばよかったね』

「…………」

ブンは、ＬＩＮＥの通知をオフにすると、黙々と荷ほどきの続きにかかった。

どうしてＪＥＴＳ《ジェッツ》をやめたのか。

理由は誰にも——両親にも友達にも言っていない。

だから、両親は、本当の理由を知らないまま、渡米前の五十嵐《いがらし》先生に謝りに行った。

――このたびは娘のわがままで、先生にもみなさんにもご迷惑をおかけしまして――

ブン　「両親に頭を下げさせてしまったことは、心から申し訳ないと思います。でも、あのときはもう限界でした。私は「行かない」と言ったのだし、もうそれでいいじゃない、という気持ちでした」

母はその後も、折にふれては理由を聞きたそうにしていたが、ブンは断固として口をつぐみ続けた。

あれは、ブンと五十嵐《いがらし》先生の間だけのこと。その五十嵐《いがらし》先生が、最後まで、ブンを理解しなかったのなら、他の誰に言っても意味がない。

だが――。

（そっか。優勝したんだ）

一瞬、ビデオなしでも映像を再生できるほど覚え込んだ、アメリカの会場の光景が脳裏をよぎる。

おそろいのユニフォームで、トロフィーを持って、歓声を上げる少女たち。

そこに、JETS《ジェッツ》の仲間たちの姿を重ねてみる。

チンは、きっとボロ泣きしただろう。

いつもは冷静なアリサも、さすがにうるっとしたかもしれない。

千代《ちよ》先生は、もう何度も行って慣れているから、喜んではくれただろうけど、たぶん泣きはしなかったはず。

そして、五十嵐《いがらし》先生は――。

ブンは急いで、そのイメージを消し去った。

しょせん、自分は出なかった大会だ。

みんなの涙も、歓声も、今はもうはるかな、別の世界で起きたこと。

(私は、私の道を行く)

ダンボールを畳んで立ち上がる。

生まれて初めての一人暮らしには、しなければならないことがいっぱいだ。まずは夕飯の買い出しをして、その後は――。

ブンはアパートを出て行く。その背中でドアが閉まる。

誰もいなくなった部屋の中、開封されずにしまいこまれたダンボールの底に、古い夢ノートがひっそりと眠っている。

夢ノート、再び

大学生活は、楽しかった。

高校までとは、比べものにならないほど大きな自由。

服装も、髪型も、うるさく言う人は誰もいない。授業に出たくなければ休んでいいし、食事を作るのが面倒なら、外で済ますか、できあいの物を買ってくればいい。

とはいえ——。

根が真面目にできているブンは、そうそう破目を外すこともなく、気がつけば、判で押したように規則正しい毎日を送っていた。

平日は、決まった時間に起きて大学に行く。月曜と木曜の放課後はバイト。休日は友達と遊びに出かけることもあるが、夜には必ず帰ってくる。

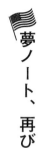

そんな日々が、数ヶ月も続いたころ――。
ブンは、次第に、落ち着かない気持ちにとらわれることが多くなっていった。

ブン「自分でも、どうしてそんなふうになるのか不思議でした。大学は本当に楽しかったですし、新しくできた友達もいる、バイト先もいい人ばっかりで、いやなことなんて何もないはずなのに……」

（なのに、どうしてこんな……）
（こんな――気分になるんだろう？）
自分でも、その気持ちをうまく言い表すことができず、ブンは懸命に言葉を探した。
どうにも、足元が定まらないような？
本当にこのままでいいんだろうか、と迷うような？
そうじゃない。何か、とても大事なことを、忘れてしまっているような――……。
「やっぱさあ、夢を忘れちゃいけないよね」

ブンは、はっとして顔を上げた。

大学の学生食堂だった。

誰が言ったかはわからない。ただ、食器のぶつかり合う音や、学生たちのざわめきを通して、その言葉だけが、妙にくっきりとブンの耳に飛び込んできたのだ。

『ブンも、将来はＣＡ《キャビンアテンダント》になるんだぞ』――。

その日、家に帰ったブンは、まっすぐ押し入れに走り寄った。

しまいこんであった段ボールを開けるのももどかしく、底のほうから、パステルカラーの夢ノートを引っ張り出す。

三年間、書き続けた日誌は全部捨ててしまったけれど、この夢ノートだけは何となくとっておいた。


ＣＡになる。

そう書かれたページを開き、しばらく無言で見つめた後、ブンはほっと息をつく。

ここしばらく続いていた、もやもやと落ち着かない気分が何だったのか。

ようやくわかったような気がしていた。

四年後——二〇一二年

「はい、文倉《ふみくら》です」

その電話に出た瞬間から、ブンにはある予感があった。

相手は、先日ブンが入社試験を受けた、国内の航空会社である。

「このたびは、当社をご志望いただき、ありがとうございました。選考の結果——……」

しばらくして、電話を切ったブンは、引き出しから、パステルカラーの夢ノートを出した。


CAになる。

そう書かれた文章の上に、ピンク色の蛍光ペンで、思い切り大きくハートマークを描いた。

ブン「アメリカ行きを断ったことは、今も後悔していません。あのときの自分の決断は間違っていなかったと思う。でも、ＪＥＴＳ《ジェッツ》のみんなは全米制覇という結果を出したけれど、私はそういう、目に見える成果は、まだ何も出せていないんだなって思って。自分も何かしなきゃと思ったとき、五十嵐《いがらし》先生に言われた『ＣＡ《キャビンアテンダント》になる』っていう夢だけは、ちゃんとかなえようと思いました」

でも、ＣＡ《キャビンアテンダント》になれる目途が立つまで、先生には会わない。

それは、ブンの意地だった。

そう決めて、四年間がんばってきた。

ブンはあらためて、開いたままの夢ノートと、自分で描いたハートマークに目を落とす。

（かなった。夢が）

きゃー！　とか、やったー！　という感じではなかった。自分でも、意外なほど静かな気持ちだ。

『ブンも、将来はＣ　Ａ《キャビンアテンダント》になるんだぞ』

そう言ったのは裕子《ゆうこ》だが、その夢を「かなえる」と決意したのはブン自身だ。

そうして、自らの手で選びとった夢が、今、かなった。

（今なら……）

もし今、時間が巻き戻って、あのころの自分に戻れたら。

そうしたら、アメリカに行ってもいい。

先生と一緒に。

私に、夢のかなえ方を教えてくれた、五十嵐《いがらし》先生と一緒に。

深呼吸をひとつして、スマホの画面をタップする。

呼び出し音が二回鳴ったところで、母校・福商の事務室につながった。

「もしもし。私、あのう、卒業生で、文倉《ふみくら》といいますが。——五十嵐《いがらし》先生、いらっしゃいますか？」

ブン　「（航空会社に）『受かりました』って、電話で五十嵐《いがらし》先生に報告したんですけど、電話口で、先生、すごく喜んでくれて。そのとき、ちょうど副顧問の小谷《こだに》先生もいらしたので、電話をかわってもらったんですけど、かわった後もまだ、電話の向こうで『うお――っ‼』って叫んでいるのが聞こえてきて。

『あ、先生、喜んでくれてるんだ』って。

次の日が教育実習だったので、そのこともあって、福商に会いにいきました」

今は東京《とうきょう》で暮らしているブン、マホ、サトミの三人は、月に一度は会っているという。福商のJETS《ジェッツ》は、今や全日本チアダンス選手権大会の入賞常連チームとなり、顧問の裕子《ゆうこ》は、大会のたびに上京してくる。

そんなとき、かつての教師と教え子たちは再会し、夕食を一緒に食べながら、おたがいの近況を報告しあうこともあるという――。

エピローグ

二〇一六年四月。

裕子《ゆうこ》は、今も福商で保健体育の教師として教鞭《きょうべん》をとり、放課後はＪＥＴＳ《ジェッツ》の顧問として指導を続けている。

二〇〇九年の全米制覇以来、ＪＥＴＳ《ジェッツ》の快進撃はとどまるところを知らず、二〇一六年現在、全米チアダンス選手権大会で、通算六回もの優勝を果たしている。

二〇一三年から一六年までは、なんと四連覇である。

五十嵐「今、部活を見学に来られた方の目には、『先生は何をしているの？』と思われるくらい、私は何もしていないように見えると思います。それだけ自主・自律したチームに成長できたということですね。立ち上げ当時とは、私の立ち位置も変わってきています」

そういう裕子《ゆうこ》の表情には、満足感と、心なしか、一抹の物足りなさが見える。

五十嵐「そうですね。こうなったらこうなったで、ちょっとつまらないかもしれません。そろそろまた、新しいことをはじめてみようかな、なんて」

裕子《ゆうこ》の夢ノートに、新たな夢が綴《つづ》られる日は、案外遠くないのかもしれない。

「夢はかなう」「人は変われる」
それが裕子《ゆうこ》の信念だ。

夢をかなえる方法はただひとつ。
コツコツと、地道な努力を積み重ねること。
ひとたび、自分が抱いた夢を、決して忘れないこと。
夢の実現までの道のりは、決して楽なものではないけれど――。

その道を歩き通した者だけが、ある日、夢をつかむのだ。

本書に寄せて

2017年1月1日　五十嵐裕子

「素人集団がたった3年で全米優勝」。まさにドラマか映画のような話だ。

私は、優秀な教師でもなければ、ましてやカリスマ教師でもない。いわゆる県立高校の普通の体育教師である。むしろ、得意な競技を持たず、周囲から特に何の期待をされることもない一教師だった。そんな一教師が、夢を持ち目標を定めひとつの「こと」を成し遂げてしまったのだから、自分のこととはいえ、驚きである。（教師が特技を持たなくとも）きっかけと出会いでここまでダイナミックなドラマが繰り広げられるのだ。

私の場合は、「チアダンス」「厚木高校と伊藤早苗先生」「前田千代先生」「初代メンバー」との出会いが大きな転換期だった。ＪＥＴＳがここまで成長できたのはこの出会いのお陰である。本当に感謝している。

前任校では、教師という憧れの仕事に就いたものの理想とはかけ離れた世界で、途方にくれることばかり。毎日、若さゆえの勢いでなりふりかまわず突っ走った。新米のくせに生意気ばかりを言い、先輩先生方を困らせた続けた。短絡的で傲慢《ごうまん》極まりない教師に生徒たちもどれだけ傷つけられたことだろう。最初に担任をした生徒たちには、卒業式で「こんな先生でごめん」と謝ったが、時すでに遅し。

福井商業高校でも、私の暴走は止まらず、自分の信念を貫くため、ブルドーザーのような勢いで、生徒や保護者を蹴散らし続け、これまた多くの人を犠牲《ぎせい》にした。当時の校長先生や教頭先生にも、大変な迷惑をかけ本当に申し訳なかった。

何よりも、私が顧問になったがために「甲子園で応援する」という夢を叶えられずやめていったバトン部の生徒たちの憤りは、並大抵ではなかっただろう。私がカリスマ教師であったなら、皆やる気を失わず、もう少し違う展開になっていたに違いない。

私には、人間的魅力もプロ教師としての技もなかったのだ。不徳の致すところである。

そんな一方で、初代のメンバーたちは私の掲げた大きな夢に共感し、一緒に夢を追いかけてくれた。あの子たちでなかったら、3年で全米優勝など、夢のまた夢に終わっていたに違いない。最初は、私が先頭を走っていたが、いつしか、彼女らの勢いに背中を押されて走るようになっていた。私の理想とする自主性を重んじるチームに成長していく姿を目の当たりにできたのは教師冥利《みょうり》に尽きる毎日だった。

初代メンバーには、この物語に登場するメンバー以外にも、みほ・まや・ちなみ・ちあきという強力なメンバーが存在した。初代の9人は、皆が自分の個性を生かし、それを認め合い、伸ばし合いながら突き進んでいった。ぶんに対しては心が痛むが、それ以外にも様々なドラマがあった。それを含めてかけがえのない仲間との宝物のような時間だったといえよう。

そして、初代の後を必死に追いかけた2代目の生徒たち。入部してから、心の準備もないまま高速ジェット機に乗せられ気がつけばアメリカまで行っていた、という感じであろう。2代目のドラマも大変なものだったのだ。2代目もまたあの子たちでなかったら、その後のＪＥＴＳはなかったであろう。今では、いろんなことが笑い話になっているが、高校生だった彼女らの心はジェットコースターに乗っているが如く、毎日が必死だったに違いない。

当時、どんなに周りが敵だらけに思えても、私は、彼女らの顔を見ればエネルギーが湧いてきた。これは今でも同じだが、練習の後「ありがとうございました！」と挨拶《あいさつ》されると「こちらこそありがとうございました！」という気持ちになる。どんな困難があっても、後ろを振り向かず前だけを向いて走り続けた生徒たちには心から感謝し、褒《ほ》め称《たた》えたい。

学校は、毎日がドラマティックである。現在、私は担任5回目の卒業生を送り出そうとしている。3年間の成長は眩《まばゆ》いばかり（私の勤務する高校では3年間クラス替えなし。担任が持ち上がる）。そして、ＪＥＴＳは9代目となった。全米大会優勝は6回。ただ今4連覇中だ。ＪＥＴＳを卒業した生徒１０９名のほとんどは、アメリカのステージで輝き、優勝を経験している。これまたミラクルな話だ。

これは、初代から5代目までを指導してくださった前田千代先生のお陰である。東京から福井までの遠い道のりを7年にわたり通ってくださった奇特な方だ。その間にご結婚とご出産という、人生の一大事があったにもかかわらず、ずっとＪＥＴＳを指導してくださった。千代先生なしには、このＪＥＴＳストーリーは存在しないも同然。私と生徒たちの大恩人である。千代先生、心からお礼申し上げます。ありがとうございました。

現在は、初代の三田村真帆が千代先生の後任コーチとしてしっかり任務を遂行している。

すでに全米大会で3回も優勝させているカリスマコーチに成長した。彼女の努力には、本当に頭が下がる。ダンスだけでなく人間力にもさらに磨《みが》きがかかり、生徒たちの理想の女性になっているのはありがたい。

もう一人の恩人は元ＩＭＰＩＳＨ顧問の伊藤早苗先生。伊藤先生との出会いがあったお陰で、自分の理想とする教師像を確立することができた。いまだに、不安になると電話してしまうが、もうしばらく頼らせて下さい。

それから、ＪＥＴＳの立ち上げ時から副顧問として、私の至らないところをフォローしてくれている小谷恭子教諭と梶田実紀教諭、横山由利子元教諭にも感謝である。私の良き相談相手であり心の支えである。いつもこのお三方には迷惑をかけ通しだ。私も生徒たちもどれだけ助けられただろう。

そして、夫と娘。夫には、辛い時いつも「ぶれるな」と叱咤激励《しったげきれい》された。お陰で私は自分を見失うことなく前を向いて歩くことができた。娘は、高校受験のときすらアメリカに行ってしまう留守がちな母に育てられながらも素直にたくましく育ってくれた。私が満足な母親として機能しないので、義母、父と母、親戚、友人、皆総動員で子育てを助けてもらい深く感謝している。

私の周りには強力な助っ人だらけである。挙げたらきりがない。最初は、逆風ばかりが吹いていたが、実に多くの方に応援してもらい助けてもらったお陰で、今では強い追い風が吹いている。ＪＥＴＳが映画になり、本にまでなってしまった。これまで、様々な形で携《たずさ》わって下さり支えて下さった方々には、この場を借りて感謝の意を述べたい。心より感謝申し上げます。

映画や本で出会う奇跡的なストーリー。私は、そんな奇跡を夢見るような子どもだった。ただ夢見るだけで、特に大したことをせず大人になってしまった私のような者でも、夢を叶えられたのだから、きっと読者の方々にもチャンスはたくさん転がっているはずだ。

「私には能力がないから」「やったことがないから」「周りに理解されないから」「ここは地方だから」どうもそういうことを理由にするのは、見当違いのようだ。

開き直って、考え方を変え作戦を練れば、突破口が見つかるのではないだろうか。オセロゲームで、相手の黒ばかりであったのが、自分の白の方が圧倒的に多くなる瞬間のような時が人生にもある。ということを私は経験した。生徒たちの劇的な変化も見てきた。本気になったときの生徒たちの力は凄まじい。誰にでも伸びる芽がある。大輪の花を咲かせる種を持っている。

大人は、子どもの可能性を信じ、その可能性を引き出す努力をしていかねばならない。JETSのような話が、次はあなたやあなた周りに起きるかもしれないのだ。最初の一歩は、とてつもなく勇気がいるが、進んでしまえばあとは行動あるのみだ。

日本には、チアダンスでもダンスでも素晴らしいチームがたくさんある。JETSなどまだまだである。毎年の大会会場には、爽やかで高校生らしいダンサーのエネルギーが満ちあふれている。全国のチアリーダーの皆さん。「チアスピリット」で自らが元気になり、周りを応援できる人に。いや、チアリーダーでなくとも、ダンスを踊らなくとも、「チアスピリット」を持つことは簡単。お互いを応援し合う、気持ちのよい人間関係で溢れたらどんなに素晴らしいことだろう。

アメリカ発祥のチアリーダーだが、日本にも必ず良い文化をもたらすはずだ。まだまだマイナーな競技ではあるが、日本全国津々浦々、凛としたチアリーダーで溢れる日がくるのもそう遠くはなさそうだ。

最後になりましたが、今回、偶然ニュースでＪＥＴＳを見いだし映画にまでしてくださった平野隆プロデューサー。河合勇人監督はじめ映画のスタッフの方々、細々《こまごま》とお世話して下さった辻本珠子さん、下田淳行さん、短期間で難しいダンスに挑んでくださった広瀬すずさんはじめ映画ＪＥＴＳの皆さん、キャストの皆さん、本当にありがとうございました。私の役を演じてくださった天海祐希さん、嬉しくて夢のようです。皆さん、心より感謝申し上げます。

そして、本書を執筆してくださった円山夢久さん、編集者の小坂淑恵さん、山口真歩さんにも、心より感謝申し上げます。数々のリクエストをこころよく受けて下さりありがとうございました。

本書が、今何かに向かってがんばっている人はもちろん、何かをあきらめかけている人にも、そっと背中を押すきっかけになれば嬉しいです。

私たちＪＥＴＳが公演のフィナーレで、観客の皆さんにお伝えしているメッセージがあります。この「本書に寄せて」もその言葉でフィナーレとさせていただきます。

私たちは、ダンスのことより、もっと大切なことをＪＥＴＳで学んでいます。

『笑顔の力』

『自分を信じること』『仲間を信じること』

『成長の鍵は、素直さにあること』

『感謝の心が大きなエネルギーになること』

そして、『大きな夢を持ち、あきらめず前進し続ければ、夢が叶うこと』

私たちの夢は、まだまだ無限に広がります。

ＪＥＴＳは、これからも支えて下さる方への感謝の気持ちを大切にして活動していきます。

この本を手に取り、読んでいただきありがとうございました。

【本文内注釈一覧】

注1 P.006……【全米チアダンス選手権大会】
　NDA National Championship。フロリダ州オーランド、ユニバーサル・スタジオ内にあるハードロックライブで毎年開催されるチアダンスの大会。

注2 P.013……【3年B組金八先生】
　1979年から2011年までの32年間に渡り、TBS系で断続的に制作・放送されたテレビドラマシリーズ。中学校を舞台に、武田鉄矢演じる熱血教師・坂本金八が、学級担任をつとめる3年B組内におこるさまざまな問題を体当たりで解決していく学園ドラマ。

注3 P.013……【スクール☆ウォーズ】
　TBS系で放送されたテレビドラマ（1984年10月～1985年4月）。全日本ラグビーの名フランカーだった山口良治監督が率いた京都市立伏見工業高校ラグビー部の「全国優勝」までの7年間の激闘をベースに脚色、〝教育の理想〟をも描く感動の青春ドラマ。正式名称は『スクール☆ウォーズ ～泣き虫先生の7年戦争～』。

注4 P.017……【夢ノート】
　『「夢ノート」のつくりかた』（中山庸子／大和出版）にて紹介されている、夢をかなえるためのノート活用法。

注5 P.030……【ズームイン!! SUPER】
　日本テレビ系列で平日に放送されていた朝の情報番組（2001年10月～2011年3月）

注6 P.043……【奇跡体験！アンビリバボー】

フジテレビ系で放送されているドキュメンタリー系・バラエティ番組（1997年10月～）。ビートたけしが番組ナビゲーターをつとめ、予測不可能な出来事に人生を左右された人々のアンビリバボーな話を紹介する。

注7 P.054……【ゴリエ杯】

ゴリエ杯全日本チアダンス選手権。フジテレビ系列で放送されていたバラエティ番組『ワンナイR&R』（2000年10月～2006年12月）でガレッジセールのゴリが演じていた女性のキャラクター・松浦ゴリエにちなみ、2006年に開催されたフジテレビ主催のチアダンス大会。

注8 P.092……【バトンの大会】

バトントワリングの大会では、内規に基づいて編成別に成績を判定し、団体や個人に対して金賞・銀賞・銅賞のいずれかの賞が贈られる。

注9 P.108……【ACUVUE CUP】

ジョンソン・エンド・ジョンソン株式会社ビジョンケアカンパニーの特別協賛を受け開催された、日本チアダンス協会が主催するチアダンスの大会。

注10 P.108……【USA】

ここでは、ダンス競技の指導・育成団体、ユナイテッド スピリット アソシエーション(United Spirit Association)の日本支部が主催するチアダンスの大会のことをさす。

注11 P.108……【ダンドリ】

『ダンドリ。～Dance☆Drill～』。フジテレビ系で放送されたドラマ（2006年7月～9月）。厚木高校ダンスドリル部「IMPISH」の全米チアダンス選手権大会優勝までの実話に基づいて制作されたオリジナルストーリー。

注12 P.118……【守・破・離】

日本での茶道、武道、芸術等をきわめるために進むべき3つの段階のこと。「守」は、型や技を忠実に守り、確実に身につける段階。「破」は、他の教えについても考え、良いものを取り入れ、心技を発展させる段階。「離」は、独自の新しいものを生み出し確立させる段階である。

注13 P.123……【全国高等学校ダンスドリル選手権大会】

特定非営利活動法人ミスダンスドリルチーム・インターナショナル・ジャパンが主催する大会。ヒップホップやジャズ、チアリーディングなど、さまざまなカテゴリーで演技が競われる。

注14 P.123……【全日本チアダンス選手権】

正式名称は「全日本チアダンス選手権大会」。一般社団法人日本チアダンス協会が主催するチアダンスの大会。決勝大会入賞チームの中から選出されたチームにNational Dance Alliance主催大会（全米チアダンス選手権大会など）への推薦状が授与される。

【五十嵐先生とJETSのあゆみ】

2004年	4月	五十嵐先生、福井県立福井商業高等学校へ赴任 バトン部顧問に就任
2005年	11月	全日本チアダンス選手権大会　トライアル部門出場（大会初出場）
2006年	1月	ゴリエ杯全日本チアダンス選手権　名古屋予選出場
	4月	新体制スタート　初代JETS入部
	9月	前田千代コーチのレッスンスタート
	11月	全日本チアダンス選手権大会　予選通過
2007年	1月	USAリージョナルス　名古屋大会 2位
	3月	USAナショナルズ　初出場　ソングリーディングポンポン部門 12位
	4月	二代目JETS入部
	6月	ミスダンスドリルチーム　東海予選大会　POM部門 2位

7月　ミスダンスドリルチーム　日本大会初出場　POM部門 最下位

11月　全日本チアダンス選手権大会　本選出場　ポンポン高校生部門 7位

2008年

1月　USAリージョナルス　愛知大会 2位

3月　USAナショナルズ　ファイナル初出場
ソングリーディングポンポン部門 9位

4月　三代目JETS入部

7月　ミスダンスドリルチーム　日本大会　ダンス部門 4位
ベストロールプレゼンテーション賞 初入賞

9月　全日本チアダンス選手権大会　関西大会
2・3年　チアダンス部門 優勝　1年　ポンポン部門 優勝

11月　全日本チアダンス選手権大会　チアダンス部門 3位

2009年

3月　全米チアダンス選手権大会　チームパフォーマンス部門 優勝

チア☆ダン
「女子高生がチアダンスで全米制覇しちゃったホントの話」の真実

2017年1月31日　初版発行

著　者　円山夢久《まるやまむく》
発行者　塚田正晃
発　行　株式会社KADOKAWA
〒102-8177　東京都千代田区富士見2-13-3
プロデュース　アスキー・メディアワークス
〒102-8584　東京都千代田区富士見1-8-19
電話 0570-064008（編集）
電話 03-3238-1854（営業）
印刷・製本　大日本印刷株式会社

ISBN978-4-04-892382-8　C0093

小社ホームページ　http://www.kadokawa.co.jp/
編集ホームページ　http://asciimw.jp/
アスキー・メディアワークスの単行本　http://amwbooks.asciimw.jp/

出版協力　映画「チア☆ダン」製作委員会
出版コーディネート　TBSテレビ事業局映画・アニメ事業部

取材協力　五十嵐裕子先生
福井県立福井商業高等学校チアリーダー部「ＪＥＴＳ」初代部員のみなさま
（2008年度卒業）
一般社団法人日本チアダンス協会
カバー＆本文デザイン　萩原弦一郎　荘司隆之（ISSHIKI）